Deutsch 4

Durchblick mit Tessa Tinte

Grundlagen festigen – Neues sicher lernen

Erarbeitet von:

Lena-Christin Grzelachowski

Martina Knipp

Mildenberger

Inhaltsverzeichnis

Schreiben

Lesen

Sprache untersuchen und Zeichensetzung

Rechtschreibung

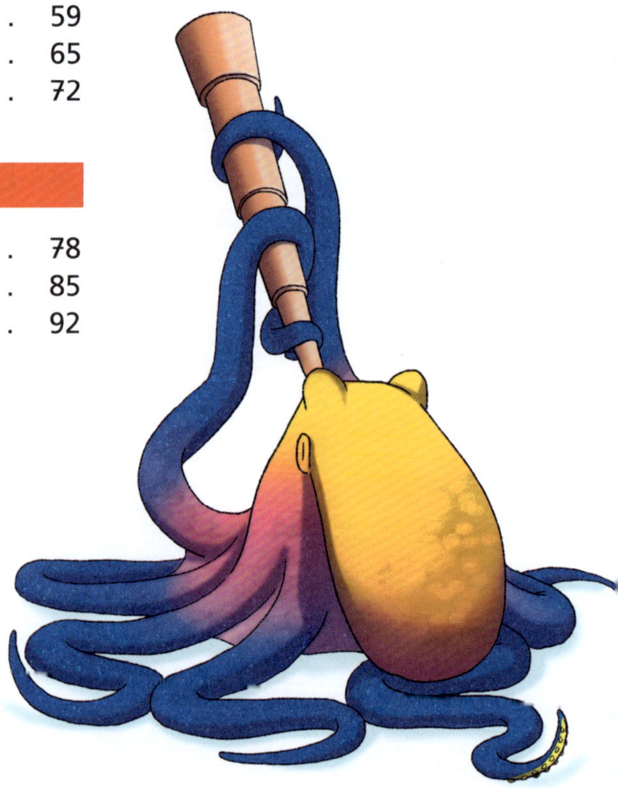

Bildquellenverzeichnis
S. 33: Naturteich © JasperSuijten – stock.adobe.com; S. 33: Sumpfdotterblumen © Alex Stemmers – stock.adobe.com; S. 33: Reiher © WildMedia – stock.adobe.com; S. 33: Schilfrohr © Dogora Sun – stock.adobe.com; S. 33: Libelle © Laurie Wilson – stock.adobe.com; S. 33, 34: Bergmolch © creativenature.nl – stock.adobe.com; S. 33, 34: Stechmücke © afe207 – stock.adobe.com; S. 33, 34: Stockente © Marlise Gaudig – stock.adobe.com; S. 33, 34: Stichling © bennytrapp – stock.adobe.com; S. 33, 34: Algen © ead72 – stock.adobe.com; S. 33, 34: Kaulquappe © Richard J Green – stock.adobe.com; S. 33, 34: Teichfrosch © reichdernatur – stock.adobe.com; S. 34: Wasserlinsen © seb hovaguimian – stock.adobe.com; S. 34: Froschlaich © Christian Pedant – stock.adobe.com; S. 34: Fledermaus © creativenature.nl – stock.adobe.com; S. 35: Teichmolch © Creative Nature – stock.adobe.com

Textquellenverzeichnis
S. 30: Joachim Ringelnatz – Bumerang. Aus: Rotraud Susanne Berner – Dunkel war's, der Mond schien helle © Gerstenberg Verlag, 1995

Vorwort

Das Üben und Wiederholen von Lerninhalten ist für alle Kinder wichtig. Viele Unterrichtsinhalte bauen auf bereits Gelerntem auf.

Teilweise wurden Lerninhalte aber nicht richtig verstanden oder nach längeren Zeiträumen wieder vergessen. Dies kommt beispielsweise häufig nach Unterbrechungen durch Projektwochen, Ferien, Klassenfahrten oder Krankheit vor.

Um Wissenslücken zu schließen und ein gewinnbringendes Üben zu ermöglichen, wurden die Aufgaben so gewählt, dass der aktuelle Lerninhalt mit dem Vorwissen der Vorjahrgangsstufe verbunden wird. Die Kinder können ihr Wissen aus der Vorjahrgangsstufe vorab testen und auffrischen. Anschließend werden die aktuellen Inhalte kleinschrittig erarbeitet und in passenden Schwierigkeitsstufen geübt.

Kapitelaufbau

Jedes Kapitel ist in drei Bereiche gegliedert.

Begonnen wird mit der **Testseite**. Hier werden bekannte Lerninhalte aus der Vorjahrgangsstufe abgefragt, um den aktuellen Lernstand zu ermitteln. Nach jeder Aufgabe findet sich ein „Tipp", welcher auf den bzw. die entsprechenden Merkkästen der folgenden Seiten verweist, die die Thematik der Aufgabe noch einmal von Grund auf erläutern.

Auf den folgenden **Hinweisseiten** werden die Inhalte der Testseite und Vorjahrgangsstufe Schritt für Schritt erklärt und wiederholt. Zusätzliche Aufgaben dienen der Festigung der Inhalte.

Auf den abschließenden **Vertiefungsseiten** wird das Thema auf dem Niveau der aktuellen Jahrgangsstufe weiter fortgeführt, vielfältig geübt und so routiniert.

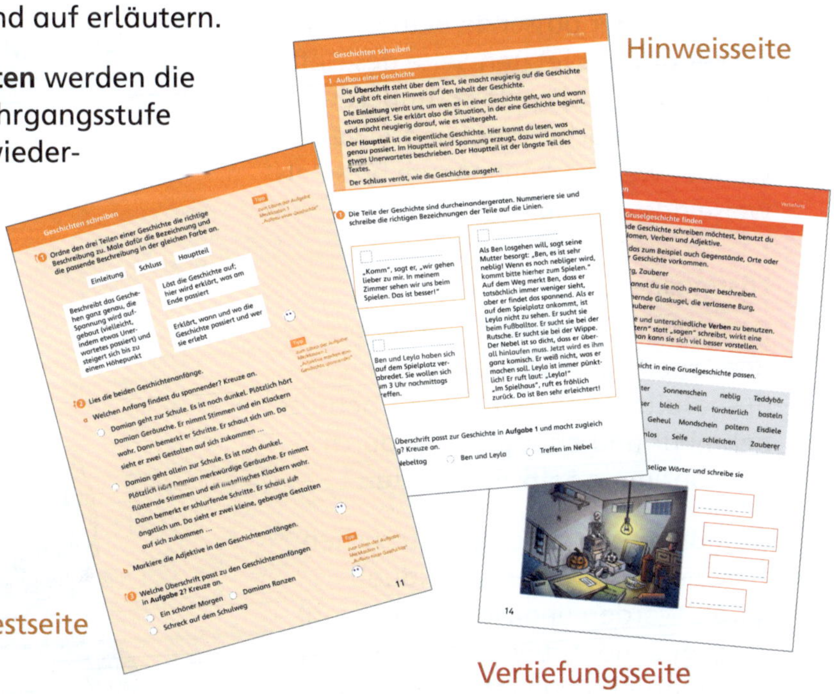

Hinweisseite

Testseite

Vertiefungsseite

Schwierigkeitsstufen und Anforderungsbereiche

Die Aufgaben decken unterschiedliche Schwierigkeitsstufen und Anforderungsbereiche ab, was durch die Punkte vor der Aufgabennummerierung gekennzeichnet wird:

1 **einfache Aufgaben:** Hier geht es vor allem um Reproduktion. Die für diese Aufgaben ausgewählten Wörter, Sätze oder Texte sind leicht zu verstehen.

2 **mittlere Aufgaben:** Bei diesen Aufgaben steht das Herstellen von Zusammenhängen im Vordergrund. Die für diese Aufgaben ausgewählten Texte sind leicht zu verstehen, aber zum Teil umfangreicher.

schwere Aufgaben: Auch hier geht es um das Herstellen von Zusammenhängen, die Bearbeitung dieser Aufgaben erfordert jedoch zugleich ein gewisses Maß an Reflexion. Die für diese Aufgaben ausgewählten Texte sind umfangreicher und anspruchsvoller. Zum Teil sollen auch eigene Texte verfasst werden.

Symbole

Die nachfolgenden Symbole kennzeichnen wichtige Hinweise und Tipps, die bei der Lösung der Aufgaben helfen.

Merke

Tipp

Smileys

Bei jeder Aufgabe auf der Testseite kann die individuelle Leistung durch einen Smiley bewertet und so der eigene Lernstand reflektiert werden.

Stickerbogen

Nach jeder bearbeiteten Vertiefungsseite wird der passende Belohnungssticker auf der letzten Seite des Heftes ins Wimmelbild geklebt. Außerdem gibt es Schmucksticker, die frei verwendet werden können, um beispielsweise das Heft zu verzieren.

Lösungsheft

Das Lösungsheft zeigt alle Seiten des Arbeitsheftes verkleinert mit ausgefüllten Lösungen. Es ist herausnehmbar und ermöglicht dadurch eine optimale Selbstkontrolle.

Aufgaben, die mit einem Sternchen * versehen sind, sollen individuell gelöst werden (individuelle Lösung) – vorgegebene Antworten dienen der Orientierung und bieten Anhaltspunkte, um die eigene Lösung bewerten zu können.

Aufgaben mit zwei Sternchen ** haben mehrere mögliche Lösungen, beispielhaft ist eine davon aufgeführt (Beispiellösung).

1 In dem Brief fehlen noch wichtige Angaben.
Schreibe die fehlenden Angaben an die richtige Stelle.

Tipp
zum Lösen der Aufgabe: Merkkasten 1 „Bestandteile eines Briefes kennen"

Viele Grüße | Liam | Liebe Aylin, | München, den 01.10.2024

____

____

ich hatte dir ja bereits geschrieben, wie sehr ich mir ein Haustier wünsche. Jetzt habe ich eins bekommen! Meine Eltern haben mir einen Hamster geschenkt. Er ist ein ganz besonderer Hamster, denn er ist tagsüber wach und schläft nachts. Ich habe ihn Rocky getauft. Wenn du „Dsungarischer Zwerghamster" googelst, kannst du dir ein Bild anschauen. Er ist so niedlich!

Ich freue mich, wenn du mir auch einmal schreibst!

____

____

2 Beantworte die folgenden Fragen zum Brief von **Aufgabe 1**.

Tipp
zum Lösen der Aufgabe: Merkkasten 1 „Bestandteile eines Briefes kennen"

a Wer ist der Absender des Briefes? _______________

b Wer ist der Empfänger des Briefes? _______________

c Warum hat der Absender den Brief geschrieben? _______________

____

____

d Wo wurde der Brief geschrieben? _______________

e Wann wurde der Brief geschrieben? _______________

1 Bestandteile eines Briefes kennen

Briefe beinhalten Informationen, die man jemandem mitteilen möchte. Auch Fragen können in Briefen gestellt werden. Manchmal werden Erlebnisse berichtet. Der Brieftext ist das Wichtigste in einem Brief, trotzdem musst du die Form einhalten und auf die richtige Reihenfolge der einzelnen Bestandteile achten.

Jeder Brief besteht aus:

1. **Ort und Datum** (wo du den Brief schreibst und wann)
2. **Anrede** der Person, die den Brief bekommt (Empfänger/Empfängerin), mit einer Begrüßung
3. **Brieftext**
4. **Grußformel**
5. **Unterschrift** der Person, die den Brief schreibt (Absender/Absenderin)

1 Schreibe die Bezeichnungen für die Bestandteile eines Briefes in die Kästchen.

Stuttgart, den 14.10.2024

Hallo Liam,

das ist ja toll, dass du jetzt einen Hamster hast! Ich habe mir im Internet angeschaut, wie er aussieht, und er ist wirklich sehr süß! Dass er tagsüber wach ist, ist ja toll. Da kannst du ihn auch mal streicheln oder ihn aus dem Käfig nehmen. Oder hat er Angst vor dir? Wie oft musst du seinen Käfig putzen?

Ich kann kein Haustier haben, weil ich so oft zum Fußballtraining gehe. Aber das macht mir ja Spaß und deswegen bin ich auch nicht traurig darüber.

Schreib mir doch mal, was du mit deinem Hamster erlebst!

Herzliche Grüße

Aylin

E-Mails schreiben

Statt eines Briefes kannst du auch eine E-Mail schreiben, um einer anderen Person etwas mitzuteilen. Dafür brauchst du einen Internetzugang und eine **eigene E-Mail-Adresse (Absender/Absenderin)**.

Wenn du eine E-Mail schreibst, brauchst du **Ort und Datum nicht extra angeben**. Das Datum und sogar die Uhrzeit werden automatisch von deinem E-Mail-Programm angegeben. Die Ortsangabe entfällt.

Du benötigst aber zusätzlich die **E-Mail-Adresse** der Person, der du schreiben möchtest **(Empfänger oder Empfängerin)**. Außerdem sollest du auch die **Betreffzeile** ausfüllen. In dieser Zeile trägst du in einem oder wenigen Wörtern ein, worum es in deiner Mail geht.

Alle anderen Bestandteile eines Briefes (Anrede, Text, Grußformel und Unterschrift/Name) nutzt du auch für das Schreiben einer E-Mail.

1 Liam hat seinem neuen Freund Cem eine E-Mail geschrieben. Suche die einzelnen Bestandteile der E-Mail und schreibe die richtigen Bezeichnungen auf die Linien.

Anrede | Unterschrift/Name | Empfänger | Betreffzeile | Grußformel | Absender | Text

E-Mail

Von:	liam@tessa-tinte.de ____________
An:	cem@tessa-tinte.de ____________
Betreff:	Einladung zum Geburtstag ____________

Lieber Cem, ____________

am 2. November habe ich Geburtstag und möchte mit meinen Freunden bei mir zu Hause feiern. Ich freue mich, wenn du auch kommen kannst! Ich wohne in der Dortmunder Straße 5. Die Feier beginnt um 15.00 Uhr und endet um 19.00 Uhr. ____________

Viele Grüße ____________

Liam ____________

2 Antworte für Cem auf Liams E-Mail von **Aufgabe 1** auf Seite 7. Fülle dazu alle notwendigen Felder aus und schreibe ihm, ob du zu seiner Feier kommen wirst.

Neue E-Mail	Senden
Von:	______________________
An:	______________________
Betreff:	______________________

____

____

____

____

Wichtige Informationen erkennen und ordnen

Wenn du eine E-Mail an deine Lehrerin schreibst, dann schickst du ihr alle **wichtigen Informationen**. Diese Informationen schreibst du in einer sinnvollen **Reihenfolge**, sodass deine Lehrerin sofort versteht, was du ihr mitteilen möchtest.

3 Lies den Text.

Cem hat sich den Fuß verstaucht. Nun kann er nicht zur Schule gehen. Damit seine Lehrerin Bescheid weiß, ruft er sie an. Er erzählt:

„Hallo Frau Müller, bis zum Ende der Woche bleibe ich zu Hause. Ich war gestern mit meinen besten Freunden auf dem Spielplatz am Wald. Wir haben eine riesige Sandburg gebaut und Fußball gespielt. Ich war der Torwart. Ich habe mir den Fuß verstaucht. Sofia hat einen Pass auf Lene gespielt und Lene hat dann auf mein Tor geschossen. Ich bin hochgesprungen und als ich wieder gelandet bin, ist es passiert. Können Sie mir die Aufgaben schicken? Es tut sehr weh. Mama hat eine Salbe draufgetan. Aber ich kann nicht auftreten. Ich möchte meine Aufgaben machen."

Frau Müller wünscht Cem gute Besserung. Sie sagt: „Bitte schick mir eine E-Mail und schreibe kurz, warum du nicht zur Schule kommst. Schreibe mir auch, was ich dir schicken soll. Ich habe dann deine E-Mail-Adresse und kann dir antworten. Meine E-Mail-Adresse lautet: sabine.mueller@tessa-tinte.de."

4 Lies den Text von **Aufgabe 3** noch einmal. Markiere darin die wichtigsten Informationen: Was muss Frau Müller wissen?

5 Schreibe in Stichworten die wichtigsten fünf Informationen aus dem Text von **Aufgabe 3** auf:

bis zum Ende der Woche zu Hause

6 Bringe die Stichpunkte von **Aufgabe 5** in eine sinnvolle Reihenfolge.

1

2

3

4

5

7 Schreibe die E-Mail für Cem an Frau Müller. Nutze die Informationen von **Aufgabe 3** sowie die geordneten Stichpunkte von **Aufgabe 6**.

Denke daran, dass du die Anredepronomen in der E-Mail an Frau Müller großschreibst (Sie, Ihnen, Ihre).

Neue E-Mail	Senden
Von:	
An:	
Betreff:	

Wenn deine E-Mail fertig geschrieben ist, musst du sie noch verschicken. Dazu klickst du auf den Button „Senden“.

Ich kann jetzt …	✓
… einen Brief in der richtigen Form schreiben.	◯
… die Mailadresse in eine E-Mail eintragen.	◯
… die Betreffzeile sinnvoll ausfüllen.	◯
… eine E-Mail mit einer Anrede beginnen.	◯
… eine E-Mail mit einem Gruß und meinem Namen beenden.	◯
… entscheiden, welche Informationen für die Person, der ich schreiben will, wichtig sind, und sie sinnvoll ordnen.	◯

1 Ordne den drei Teilen einer Geschichte die richtige Beschreibung zu. Male dafür die Bezeichnung und die passende Beschreibung in der gleichen Farbe an.

Einleitung | Schluss | Hauptteil

Beschreibt das Geschehen ganz genau, die Spannung wird aufgebaut (vielleicht, indem etwas Unerwartetes passiert) und steigert sich bis zu einem Höhepunkt

Löst die Geschichte auf; hier wird erklärt, was am Ende passiert

Erklärt, wann und wo die Geschichte passiert und wer sie erlebt

Tipp zum Lösen der Aufgabe: Merkkasten 1 „Aufbau einer Geschichte"

2 Lies die beiden Geschichtenanfänge.

a Welchen Anfang findest du spannender? Kreuze an.

- ◯ Damian geht zur Schule. Es ist noch dunkel. Plötzlich hört Damian Geräusche. Er nimmt Stimmen und ein Klackern wahr. Dann bemerkt er Schritte. Er schaut sich um. Da sieht er zwei Gestalten auf sich zukommen …
- ◯ Damian geht allein zur Schule. Es ist noch dunkel. Plötzlich hört Damian merkwürdige Geräusche. Er nimmt flüsternde Stimmen und ein metallisches Klackern wahr. Dann bemerkt er schlurfende Schritte. Er schaut sich ängstlich um. Da sieht er zwei kleine, gebeugte Gestalten auf sich zukommen …

b Markiere die Adjektive in den Geschichtenanfängen.

Tipp zum Lösen der Aufgabe: Merkkasten 2 „Adjektive machen eine Geschichte spannender"

3 Welche Überschrift passt zu den Geschichtenanfängen in **Aufgabe 2**? Kreuze an.

- ◯ Ein schöner Morgen
- ◯ Damians Ranzen
- ◯ Schreck auf dem Schulweg

Tipp zum Lösen der Aufgabe: Merkkasten 1 „Aufbau einer Geschichte"

1 Aufbau einer Geschichte

Die **Überschrift** steht über dem Text, sie macht neugierig auf die Geschichte und gibt oft einen Hinweis auf den Inhalt der Geschichte.

Die **Einleitung** verrät uns, um wen es in einer Geschichte geht, wo und wann etwas passiert. Sie erklärt also die Situation, in der eine Geschichte beginnt, und macht neugierig darauf, wie es weitergeht.

Der **Hauptteil** ist die eigentliche Geschichte. Hier kannst du lesen, was genau passiert. Im Hauptteil wird Spannung erzeugt, dazu wird manchmal etwas Unerwartetes beschrieben. Der Hauptteil ist der längste Teil des Textes.

Der **Schluss** verrät, wie die Geschichte ausgeht.

1 Die Teile der Geschichte sind durcheinandergeraten. Nummeriere sie und schreibe die richtigen Bezeichnungen der Teile auf die Linien.

☐ ____________________

„Komm“, sagt er, „wir gehen lieber zu mir. In meinem Zimmer sehen wir uns beim Spielen. Das ist besser!“

☐ ____________________

Ben und Leyla haben sich auf dem Spielplatz verabredet. Sie wollen sich um 3 Uhr nachmittags treffen.

☐ ____________________

Als Ben losgehen will, sagt seine Mutter besorgt: „Ben, es ist sehr neblig! Wenn es noch nebliger wird, kommt bitte hierher zum Spielen.“ Auf dem Weg merkt Ben, dass er tatsächlich immer weniger sieht, aber er findet das spannend. Als er auf dem Spielplatz ankommt, ist Leyla nicht zu sehen. Er sucht sie beim Fußballtor. Er sucht sie bei der Rutsche. Er sucht sie bei der Wippe. Der Nebel ist so dicht, dass er überall hinlaufen muss. Jetzt wird es ihm ganz komisch. Er weiß nicht, was er machen soll. Leyla ist immer pünktlich! Er ruft laut: „Leyla!“
„Im Spielhaus“, ruft es fröhlich zurück. Da ist Ben sehr erleichtert!

2 Welche Überschrift passt zur Geschichte in **Aufgabe 1** und macht zugleich neugierig? Kreuze an.

◯ Ein Nebeltag ◯ Ben und Leyla ◯ Treffen im Nebel

2 Adjektive machen eine Geschichte spannender

Passende Adjektive machen Texte lebendiger und spannender.
Mit Adjektiven kannst du Personen und Situationen genau beschreiben.
Die Leserinnen und Leser der Geschichte können sich dann die Situation besser vorstellen.

3 Schreibe passende Adjektive aus dem Wörterkasten auf die Linien.

gruselig • erleichtert • erschrocken • beunruhigend • gefährlich • böse • neugierig • fürchterlich • unsicher • entsetzlich • ängstlich • aufregend

So kann eine Situation sein.	So kann sich eine Person fühlen.
______________	______________
______________	______________
______________	______________
______________	______________
______________	______________
______________	______________

4 Erzähle die folgende Geschichte spannender, indem du passende Adjektive aus dem Wörterkasten in die Lücken einsetzt.

alten • neugierig • weit • verlassen • vorsichtig • düsteren • verrottete

Das Spukhaus

Auf dem Weg vom Fußball nach Hause kommt Alina an einem ______________ Haus vorbei. Es sieht ______________ aus, als würde hier niemand wohnen. Die ______________ Tür steht ______________ offen. Alina schaut sich ______________ um. Soll sie hineingehen? ______________ geht sie die Stufen zur Tür hinauf und schaut in den ______________ Flur …

Passende Wörter für eine Gruselgeschichte finden

Wenn du eine spannende Geschichte schreiben möchtest, benutzt du zum Thema passende Nomen, Verben und Adjektive.

Bei den **Nomen** können das zum Beispiel auch Gegenstände, Orte oder Gestalten sein, die in der Geschichte vorkommen.

Beispiele: Glaskugel, Burg, Zauberer

Mithilfe von **Adjektiven** kannst du sie noch genauer beschreiben.

Beispiele: die blau schimmernde Glaskugel, die verlassene Burg, der grimmige Zauberer

Es ist auch wichtig, passende und unterschiedliche **Verben** zu benutzen. Wenn du zum Beispiel „flüstern“ statt „sagen“ schreibst, wirkt eine Situation ganz anders und man kann sie sich viel besser vorstellen.

1 Streiche die Wörter durch, die nicht in eine Gruselgeschichte passen.

finster Herzklopfen düster Sonnenschein neblig Teddybär
Planschbecken Husten heiser bleich hell fürchterlich basteln
scheußlich Verlies jammern Geheul Mondschein poltern Eisdiele
Gespenst Gerippe wolkenlos Seife schleichen Zauberer

2 Finde mithilfe des Bildes weitere gruselige Wörter und schreibe sie in die Kästchen.

3 Welche anderen Verben kannst du für „gehen", „hören", „sehen" und „sagen" benutzen? Bilde Wortfelder, indem du die Wörter aus dem Wörterkasten zuordnest.

~~schleichen~~ • trampeln • lauschen • warnen • anstarren • wispern • stammeln • drohen • tuscheln • kriechen • beobachten • keifen • erspähen • hinken • entdecken • horchen • huschen • vernehmen

gehen: schleichen, ____________________

hören: ____________________

sehen: ____________________

sagen: ____________________

4 Ordne die Adjektive den Gestalten zu.

Einige Adjektive kannst du mehrmals benutzen.

zottelig • klapprig • knurrig • bleich • zittrig • gruselig • grässlich • durstig • hungrig

____

____

____

____

____

____

____

____

____

5 In manchen Gruselgeschichten tauchen gruselige Gegenstände auf. Manche Orte sind gruseliger als andere, und auch das Wetter spielt eine Rolle. Schreibe die folgenden Wörter in die richtige Spalte.

Höhle • Mondschein • Ketten • Spinnennetz • Dachboden • Dämmerung • Schlucht • Ritterrüstung • Donner

gruselige Gegenstände	gruselige Orte	gruseliges Wetter, gruselige Zeit

6 Ergänze eigene Wörter in der Tabelle von **Aufgabe 5**.

Unterschiedliche Satzanfänge gebrauchen

Wenn du eine spannende Geschichte schreiben möchtest, benutzt du **unterschiedliche Satzanfänge**. Vermeide Satzanfänge wie „dann“ oder „und dann“.

7 Kreise die Satzanfänge ein, die du für eine Gruselgeschichte passend findest.

„Achtung!“, schrie …

Hinter dem staubigen …

An einem nebligen Abend …

Ein eisiger Schauer …

Anschließend …

Und …

Weil …

Hinter ihm …

Plötzlich …

Wenn …

Vorsichtig …

Im Nachbarraum …

Wörtliche Rede nutzen

Wenn du eine spannende Geschichte schreiben möchtest, benutzt du **wörtliche Rede**.

(!) Denke an die Satzzeichen für die wörtliche Rede (▸ Seite 74).

Wörtliche Rede macht einen Text lebendiger und spannender.

8 In der Geschichte sind einige Sätze in drei unterschiedlichen Versionen angegeben. Kreuze an, welche Version am lebendigsten und spannendsten ist.

Halloween

Mia und Ben wollen an Halloween Süßes und Saures sammeln.

- ◯ „Ich bringe dir eine Laterne mit! Die sieht aus wie ein Kürbiskopf", ruft Mia begeistert.
- ◯ Mia will Ben eine Laterne mitbringen, die wie ein Kürbiskopf aussieht.
- ◯ Mia sagt: „Ben, ich bringe dir eine Laterne mit, die wie ein Kürbiskopf aussieht."

„Super", antwortet Ben, „die nehme ich!"
Sie wollen zuerst bei Oma Meier klingeln und sie erschrecken.

- ◯ Ben sagt, dass er gruselig nach Süßem oder Saurem fragen will.
- ◯ Ben grinst und sagt mit gruseliger Stimme: „Süßes oder Saures?"
- ◯ Ben will nach Süßem oder Saurem fragen.

Beide glauben, dass das toll wird. Sie verabreden sich für 17 Uhr.

- ◯ Mia meint, da wird es schon dunkel. Und dann wird es richtig gruselig.
- ◯ Mia sagt: „Da wird es schon dunkel. Und dann wird es richtig gruselig."
- ◯ Mia freut sich: „Da wird es schon dunkel. Und im Dunkeln sind wir noch viel gruseliger."

Eine Geschichte nach einem Plan schreiben

Folgende Schritte helfen dir dabei, eine Geschichte zu **planen**.

Schritt 1: Überlege dir für die Einleitung, wo und wann die Geschichte spielt und was zu Beginn passiert.

Schritt 2: Sammle dann Ideen, wie die Geschichte weitergehen kann.

Schritt 3: Bringe deine Notizen in die richtige Reihenfolge: Mit welcher Idee willst du beginnen? Wie entwickelst du die Geschichte? Wie soll die Geschichte enden?

Schritt 4: Schreibe mithilfe deiner Notizzettel die Geschichte. Nutze beim Schreiben passende Adjektive, abwechslungsreiche Verben, wörtliche Rede und unterschiedliche Satzanfänge.

9 Die Notizzettel mit den Ideen für die Geschichte „Schreck im Nebel" sind durcheinandergeraten. Nummeriere sie in einer passenden Reihenfolge.

☐ Jonas hört Stimmen hinter sich

☐ Stimmen werden lauter, Jonas kann aber niemanden sehen

☐ Jonas erkennt Imani und Alma in Vampirverkleidung

☐ nebliger Novemberabend; Mutter will, dass Jonas Brot vom Bäcker holt; Jonas traut sich eigentlich nicht, aber die Mutter bittet ihn

☐ Jonas quetscht sich an Hauswand

☐ Jonas bleibt wie angewurzelt stehen, sein Herz rast, er wünscht sich, er wäre nie losgegangen

☐ Jonas geht los, es ist düster, kalt und nebelig

☐ **Schreck im Nebel**

☐ zwei Vampire stehen vor ihm, Jonas Zähne klappern vor Angst

☐ Vampir zischt „Süßes oder Saures"

☐ heute ist Halloween

10 Nutze die geordneten Notizzettel von **Aufgabe 9** als Schreibplan und schreibe die Geschichte. Denke daran, passende Adjektive, abwechslungsreiche Verben, wörtliche Rede und unterschiedliche Satzanfänge zu benutzen.

Ich kann jetzt …	✓
… eine Geschichte in Einleitung, Hauptteil und Schluss gliedern.	○
… passende Nomen und Adjektive nutzen.	○
… mithilfe von Wortfeldern passende und abwechslungsreiche Verben nutzen.	○
… passende Situationen (Ort oder Zeit) in einer Geschichte nutzen.	○
… unterschiedliche Satzanfänge nutzen.	○
… wörtliche Rede nutzen.	○
… eine Geschichte nach einem Plan schreiben.	○

1 Lies den Text.

Kommissar Fuchs wird zu einem Tatort gerufen. In der Grundschule in Offenburg wurde eingebrochen. Der Kommissar betrachtet den Tatort und befragt die Klassenlehrerin. Schnell bestätigt sich sein recht ungewöhnlicher Verdacht und er schreibt in seinen Bericht:

+++ POL-OG: Polizeibericht +++

06.08.2024 | Einbruch in Grundschule
In der Nacht von Montag, den 05.08.2024, auf Dienstag stieg ein Waschbär in die Grundschule Offenburg durch ein geöffnetes Fenster ein. Von Tellern, die noch vom Elternabend auf den Tischen der Kinder standen, fraß er alle Salzbrezeln und Erdnüsse. Auf der Fensterbank des geöffneten Fensters konnten Pfotenabdrücke gesichert werden.

2 Beantworte die W-Fragen mithilfe des Berichts von **Aufgabe 1**. Notiere Stichpunkte.

Wann ereignete sich der Einbruch?

____

____

Wo ereignete sich der Einbruch?

____

Wie kam der Täter in das Klassenzimmer?

____

Was machte der Täter im Klassenzimmer?

____

Wer war der Täter? ______________________________

Tipp
zum Lösen der Aufgabe
Merkkasten 1
„W-Fragen zu einem Bericht beantworten"

3 In **Aufgabe 2** stehen fünf W-Fragen. Kreise die W-Fragewörter ein.

Tipp
zum Lösen der Aufgabe
Merkkasten 2
„W-Fragewörter"

1 W-Fragen zu einem Bericht beantworten

In einem Bericht stehen alle wichtigen Fakten zu einem Ereignis. Du findest darin Antworten auf die wichtigsten W-Fragen: Wer? Wo? Wann? Was? Wie?

Wenn du **W-Fragen** zu einem Bericht beantworten sollst, gehe so vor:

Schritt 1: Lies einmal den ganzen Bericht.

Schritt 2: Beginne dann mit der ersten Frage.

Schritt 3: Überfliege den Bericht und suche die Stelle, wo du eine Antwort auf die W-Frage findest.

1 Lies den folgenden Bericht über einen Fahrraddiebstahl.

> Am Samstag, dem 27.07.2024, wurde ein Fahrrad gestohlen.
>
> Der Diebstahl ereignete sich am Supermarkt in der Schulstraße.
>
> Der Dieb knackte das Schloss, mit dem das Fahrrad gesichert war.
>
> Zeugen sagten aus, dass sie gesehen haben, wie ein Mann, der ein blaues T-Shirt und Jeans trug, zum Tatzeitpunkt eilig mit einem Fahrrad davonfuhr.

2 Kreise die W-Fragewörter ein und beantworte die Fragen mithilfe des Berichts von **Aufgabe 1**. Notiere Stichpunkte.

Wann hat sich der Diebstahl ereignet?

____

Was wurde gestohlen?

____

Wo hat sich der Diebstahl ereignet?

____

Wie konnte dem Dieb der Diebstahl gelingen?

____

Wer könnte der Dieb sein?

____

2 W-Fragewörter

W-Fragewörter stehen meist am Anfang einer Frage. Die häufigsten W-Wörter sind: wer, was, wann, wo und wie.
Es gibt aber weitere W-Fragewörter, zum Beispiel: warum, wohin, welche oder weshalb.

3 Finde die W-Fragewörter in der Wörterschlange.
Schreibe sie auf und notiere in dem Kästchen, wie viele W-Fragewörter du gefunden hast.

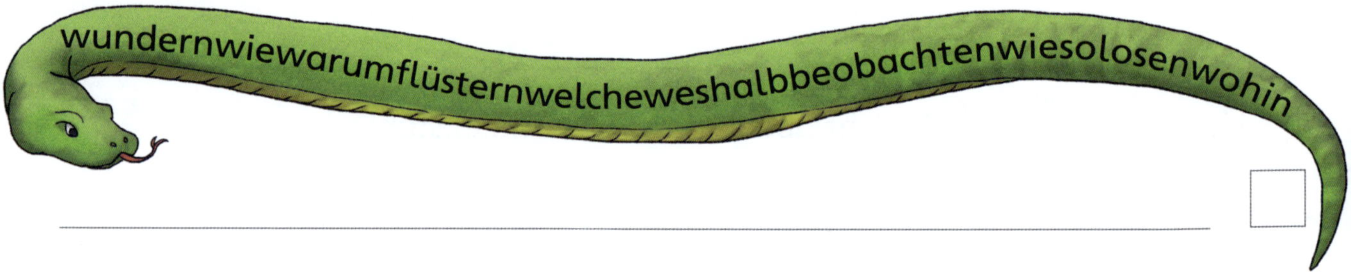

______________________________ ☐

4 Trage passende W-Fragewörter ein.

________ stahl die Geldbörse?

________ wurde gestohlen?

________ wurde die Geldbörse gestohlen?

________ lief die Diebin nach dem Diebstahl?

________ schaffte es die Diebin, nicht erkannt zu werden?

________ beobachtete den Diebstahl?

________ stand der Zeuge?

________ passierte das alles?

________ Kleidung trug die Diebin?

Berichte schreiben

Es gibt unterschiedliche Situationen, in denen es wichtig ist, kurz und genau von einem Ereignis zu berichten, zum Beispiel bei einem Diebstahl oder bei einem Unfall.

Wenn du einen **Bericht** schreibst, solltest du folgende Punkte beachten:
- Berichte in der richtigen Reihenfolge über das Geschehen.
- Beantworte alle wichtigen W-Fragen.
- Schreibe im Präteritum (Vergangenheit).

1 Schau dir die Bilder an und nummeriere sie in der richtigen Reihenfolge. Schreibe anschließend neben jedem Bild (im Präsens) auf, was zu sehen ist.

2 Du hast zu den Bildern von **Aufgabe 1** auf Seite 23 aufgeschrieben, was passiert ist. Ein Polizist stellt der Frau und dem Kind nun Fragen, um seinen Polizeibericht zu schreiben und den Dieb zu fangen. Streiche die unnötigen Fragen durch.

Um wie viel Uhr sind Sie heute aufgestanden?

Wie sah Ihr Koffer aus?

Wer hat den Mann vielleicht noch gesehen?

Wann hat der Mann den Koffer gestohlen?

Fahren Sie in den Urlaub?

Treffen Sie sich mit Freunden?

Wie sah der Mann aus, der den Koffer gestohlen hat?

Was haben Sie in Ihrem Koffer?

Wann sind Sie auf dem Bahnsteig angekommen?

Wo stand der Mann, als Sie auf dem Bahnsteig warteten?

Fahren Sie oft mit dem Zug weg?

3 Ergänze nun den Polizeibericht. Die Bilder von **Aufgabe 1** auf Seite 23 und der Wörterkasten helfen dir dabei.

gelb • Mittwoch, dem 24.07.2024 • ein Mann • dem Koffer • Bahnhofs Stuttgart • ungefähr 1,80 m groß • Zeugen • kurze blonde • grünes Hemd • schlank • 12.00 Uhr • Jeans

+++ POL-S: Polizeibericht +++

25.07.2024 | Koffer verschwunden

Frau Schmidt wartete am ______________, ______________, mit ihrer Tochter Amelie um ______________ am Gleis 5 des ______________ auf ihren Zug. Ihren Koffer hatte sie neben das Kind gestellt. Zu diesem Zeitpunkt stand ______________ hinter ihr. Als um 12.05 Uhr der Zug in den Bahnhof einfuhr, griff der Mann plötzlich nach ______________ und rannte davon. Der Täter war ______________ und ______________. Er hatte ______________ Haare. Er trug eine ______________ und ein ______________. Weitere ______________, die den Mann gesehen haben könnten, gab es nicht. Frau Schmidt gab an, dass der Koffer ______________ war. Im Koffer befanden sich Kinderkleidung für ihre Tochter und ihre Kleidung. Außerdem war eine Tasche mit Sachen zum Waschen und Zähneputzen im Koffer. Auch ein Buch und zwei Comics hatte sie eingepackt.

4 Lokalreporter Fuchs hat sich Notizen zu einem versuchten Autodiebstahl gemacht. Ordne seine Notizen den passenden W-Fragen zu, indem du sie in der gleichen Farbe markierst.

W-Fragen	Notizen
	eine junge Frau
	ungefähr 19.00 Uhr
Wann?	
	Versuch, Auto mit Schraubenschlüssel aufzubrechen
Wo?	
	Samstag, 17.08.2024
Wer?	
	Zeuge, der Frau beobachtet hatte, rief Polizei
Was ist passiert?	
Wie konnte die Täterin gefasst werden?	Parkplatz Supermarkt, Schulstraße
	Polizeibeamtin, die mit Fahrrad auf Streife war, konnte fliehende Täterin stellen

5 Schreibe mithilfe deiner Ergebnisse von **Aufgabe 4** einen kurzen Zeitungsbericht über den versuchten Autodiebstahl. Überlege dir auch eine passende Überschrift.

Achte beim Verfassen des Berichts auf eine sinnvolle Reihenfolge und schreibe im Präteritum.

Ich kann jetzt ...	✓
... auf W-Fragen genau antworten.	◯
... W-Fragewörter nennen.	◯
... sinnvolle Fragen von unwichtigen Fragen unterscheiden.	◯
... Informationen in einem Bericht ergänzen.	◯
... W-Fragen zur Vorbereitung eines Berichts nutzen.	◯
... einen Bericht schreiben.	◯

1 Lies die Texte und schreibe in die Kästchen, wie die Textsorte heißt.

Tipp
zum Lösen der Aufgabe
Merkkasten 1 „Textsort
erkennen: Zeitungsartik
und Einladung",
Merkkasten 2 „Textsort
erkennen: Märchen,
Gedicht und Anleitung"

NEWS ++ NEWS ++ NEWS

Herbstfest in der 4a
Die Klasse 4a feierte am 08.10. ein Herbstfest auf dem Pausenhof. Es gab eine Gedichtausstellung, ein Märchenerzähler war zu Besuch und es wurden herbstliche Windlichter gebastelt. Die Kinder und ihre Gäste freuten sich über ein gelungenes Fest.

____

Die Klasse 4a feiert ein Herbstfest!
Wir laden euch ein, am 08.10. ab 13.00 Uhr auf dem Pausenhof mit uns zu feiern.
Wir basteln Windlichter, stellen unsere Herbstgedichte aus und ein Märchenerzähler ist auch da. Bitte tragt in die ausgehängte Liste ein, was ihr zum Essen mitbringen möchtet.
Eure 4a

____

Schneeweißchen und Rosenrot
Es war eine arme Witwe, die lebte einsam in einem Hüttchen. Vor dem Hüttchen gab es einen Garten, in dem standen zwei Rosenbäumchen …

____

Herbst
bunte Blätter
fallen vom Baum
ich freue mich sehr
Drachensteigen

____

Windlichter

Du brauchst: ein Glas, weißes Transparentpapier, Kleister, Bastelleim, 1 Teelicht

So geht's:
1. Reiße das Transparentpapier in ca. 3 x 3 cm große Stücke
2. Bestreiche das Glas mit Kleister …

____

1 Textsorten erkennen: Zeitungsartikel und Einladung

Einen **Zeitungsartikel** erkennst du daran, dass er sehr sachlich geschrieben ist und nur wichtige Informationen zu einem Thema enthält. Zeitungsartikel werden meist in schmalen Spalten abgedruckt.

Eine **Einladung** enthält den Anlass des Ereignisses, den Ort, wo es stattfindet, sowie den Tag und die Uhrzeit, wann es stattfindet. Auf einer Einladung können auch Besonderheiten stehen (z. B.: Was wird bei dem Ereignis gemacht? Sollen die Eingeladenen etwas mitbringen?). Eine Einladung ist meistens schön gestaltet.

1 Lies die Textschnipsel und überlege, zu welcher Textsorte sie gehören.

Male alle Textschnipsel, die in einen Zeitungsartikel gehören, blau an. Male alle Textschnipsel, die in eine Einladung passen, rot an. Wenn ein Textschnipsel für beide Textsorten passt, male ihn in beiden Farben an.

- Halloween in der 4a
- Dienstag, 18.10.2022
- Gruselbüfett
- Ab 10.00 Uhr
- Kostümfest
- Kürbiskopflaterne basteln
- Im Gruselraum der 4a
- Im Klassenraum der 4a
- Kommt bitte gruselig verkleidet.
- Bitte tragt ein, wie viele Personen kommen: ________
- Wir wollen ein Halloweenbüfett aufbauen. Bitte tragt hier ein, was ihr mitbringen möchtet: ______
- Wir freuen uns auf euch!
- Die Kinder der Klasse 4a
- Büfett

2 Schaue dir die Form der beiden Texte an: Was ist der Zeitungsartikel, was ist die Einladung? Schreibe deine Entscheidung in die Kästchen.

____

____

2 Textsorten erkennen: Märchen, Gedicht und Anleitung

Märchen beginnen oft mit „Es war einmal". Die Figuren in den Märchen haben fast nie einen normalen Vornamen. Märchen erzählen von einer erfundenen Welt. Die Zeit und der Ort, an denen sie spielen, sind nicht genau genannt. Märchen haben immer ein gutes Ende.

Gedichte erkennst du häufig daran, dass sich die Worte am Zeilenende reimen. Oft haben Gedichte einen besonderen Textaufbau, wie zum Beispiel das Elfchen. Gedichte müssen nicht aus ganzen Sätzen bestehen, sie haben meist eine besondere Sprache.

Anleitungen erkennst du daran, dass sie erklären, wie du etwas benutzt oder herstellst (z. B. ein Spiel oder ein Insektenhotel). Außerdem erfährst du, welche Materialien und Werkzeuge du dazu brauchst.

3 Lies die Textschnipsel. Schreibe in die Kästchen die Zahl der Textsorte, zu der der Schnipsel gehört.

1 = Märchen   2 = Bastelanleitung   3 = Gedicht

☐
Nebel
weiße Wand
wie eine Wolke …

☐
… So geht es:
1. Schraube den Deckel des Glases ab.
2. Klebe deine Figur in den Deckel …

☐
… Und wenn sie nicht gestorben sind, dann leben sie noch heute.

☐
Es war einmal mitten im Winter, und die Schneeflocken fielen wie Federn vom Himmel herab …

☐
Du brauchst:
- 1 leeres, gespültes Schraubglas mit Deckel
- 1 kleine Plastikfigur
- Flittersternchen …

☐
Bumerang[1]
War einmal ein Bumerang;
War ein Weniges zu lang.
Bumerang flog ein Stück,
Aber kam nicht mehr zurück …

[1] Joachim Ringelnatz

Unterschiedliche Textsorten für unterschiedliche Informationen oder Geschichten

Wenn du zum Beispiel deiner Oma aus den Ferien berichten möchtest, schreibst du eine Postkarte, einen Brief, eine E-Mail oder eine Textnachricht. Wenn du viele Kinder in deiner Schule über etwas informieren möchtest, kannst du einen Artikel für die Schulzeitung schreiben.

Auch für ausgedachte Geschichten gibt es unterschiedliche Textsorten. Einige Texte werden mit Bildern gestaltet (z. B. Comic oder Bilderbuch), in anderen Texten, wie der Fabel, können Tiere sprechen und in Fantasiegeschichten passieren andere unwirkliche, fantastische Dinge.

1 Um welche Textsorte geht es? Lies die Beschreibungen und schreibe die Textsorte auf die Linie.

a Eine oft lustige Geschichte, die aus Bildern mit Sprechblasen besteht:

____

b Sprechende Tiere sind die Figuren, sie hat immer eine „Moral“: ____________

c Ein Buch, das zusätzlich zum Text passende Bilder hat: ____________

d Eine Geschichte, die in Wirklichkeit nicht passieren kann: ____________

e Ein Buch, in dem ein kurzer Erklärtext zu Dingen oder Worten steht:

____

f Es steht in einem Koch- oder Backbuch: ____________

2 Kann das sein? Kreuze an, was stimmt:

- ◯ Aus meinen Ferien schreibe ich eine Postkarte.
- ◯ Aus meinen Ferien schreibe ich ein Lexikon.
- ◯ In einer Fabel erfährst du etwas über die Tiersprache.
- ◯ In einer Fabel kann ich nachlesen, worüber wir Menschen nachdenken sollten.
- ◯ Ein Rezept ist ähnlich wie eine Bastelanleitung: Es steht darin, was ich brauche und welche Arbeitsschritte ich machen soll.

- ◯ Ein Rezept ist ähnlich wie eine Fantasiegeschichte.
- ◯ Ein Comic erzählt eine Geschichte mit Bildern und Sprechblasen.
- ◯ Ein Comic ist ein kurzer Informationstext.

3 Wofür nutzt du welche Textsorte? Male die passenden Teile in der gleichen Farbe an.

	… weil ich gerne frei erfundene Geschichten lese, die nicht wirklich passiert sind.
Ich schreibe eine Postkarte, …	
Ich lese in einem Lexikon, …	… weil die Tiere Dinge erzählen, über die wir Menschen nachdenken sollten.
Ich lese Fantasiegeschichten, …	… wenn ich einen Gruß aus den Ferien schreiben will.
Ich lese eine Fabel, …	… für meine Mama zum Muttertag.
Ich schreibe ein Gedicht …	… wenn ich eine genaue Beschreibung zu einer Sache haben möchte.

Ich kann jetzt …	✓
… erklären, woran man eine Einladung oder einen Zeitungsartikel erkennt.	◯
… erklären, woran man ein Gedicht oder ein Märchen erkennt.	◯
… erklären, woran man eine Anleitung oder ein Rezept erkennt.	◯
… erklären, woran man eine Fabel oder eine Fantasiegeschichte erkennt.	◯
… erklären, woran man einen Lexikonartikel erkennt.	◯
… entscheiden, wann ich welche Textsorte nutzen muss.	◯

1 Betrachte das Plakat genau und beantworte die Fragen zum Lebensraum Teich.

Tipp
zum Lösen der Aufgabe: Merkkasten 1 „Informationen auf Plakaten“

a Welche Tiere leben am und im Teich?

____

____

b Welche Pflanzen wachsen am und im Teich?

____

c Findest du Tiere, die Pflanzen fressen? Schreibe auf.

____

d Findest du Tiere, die Jagd auf andere Tiere machen? Schreibe auf.

____

1 Informationen auf Plakaten

Auf einem **Plakat** sind alle Informationen wichtig. Schau deswegen alle Bilder und Pfeile **genau** an, lies alle Wörter und Sätze und achte darauf, wie die Bilder, Pfeile und Wörter zusammengehören.

1 Betrachte das Plakat. Wovon ernährt sich die Stockente?

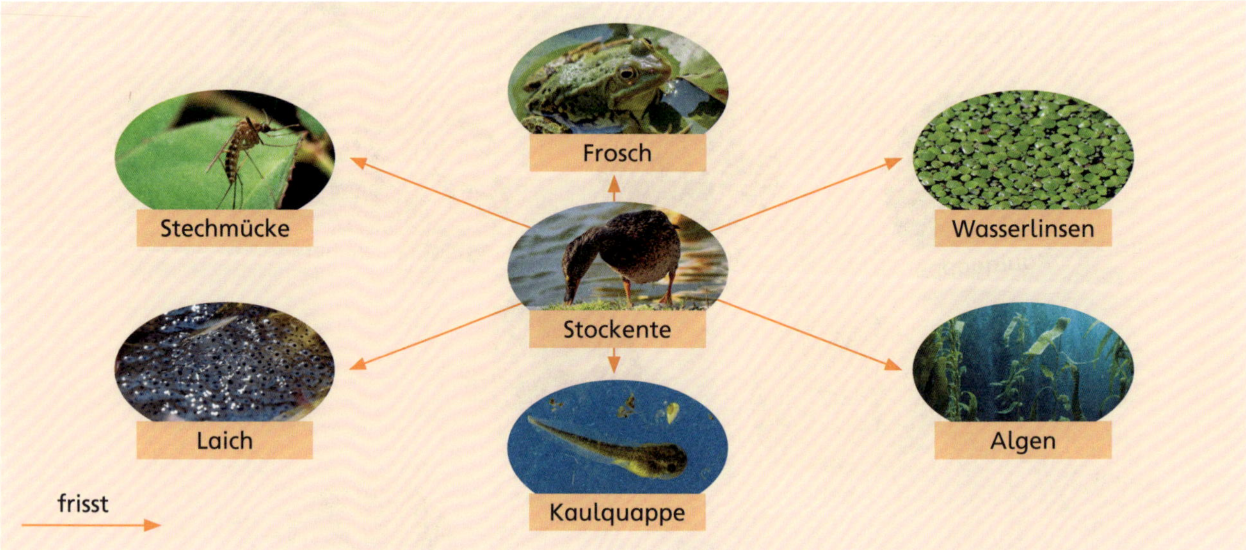

2 Betrachte das Plakat. Welche Fressfeinde der Stechmücke findest du?

Informationen in Steckbriefen

In **Steckbriefen** findest du Informationen, die oft nach bestimmten Bereichen geordnet sind. Bei einem Steckbrief zu einem Tier können das zum Beispiel die Bereiche Aussehen, Lebensraum und Nahrung sein.

Meistens sind die Informationen in Stichworten notiert, selten in ganzen Sätzen. Du erhältst nur die allerwichtigsten Informationen, aber einen guten Überblick.

1 Lies den Steckbrief. Kreuze unten alle richtigen Aussagen an.

Teichmolch

Länge:	9 bis 11 Zentimeter
Aussehen:	länglicher Körper, 4 Beine, im Wasser bilden die Männchen auf dem Rücken einen Kamm
Farbe:	braun mit dunklen Flecken, Bauch gelb bis orangefarben
Lebensraum:	Deutschland, in Teichen oder Seen, an Land unter Steinen, Laub, Wurzeln, Totholz, häufig in Siedlungen und Parks
Nahrung:	Insekten, Würmer, Schnecken
Fortpflanzung:	Weibchen legen nach der Paarung 100 bis 300 Eier an Wasserpflanzen ab

- ◯ Das Weibchen hat einen blauen Bauch.
- ◯ Das Männchen hat im Wasser einen Kamm.
- ◯ Das Männchen hat immer einen Kamm.
- ◯ Teichmolche leben nur im Wasser.
- ◯ Teichmolche leben auch an Land.
- ◯ Teichmolche ernähren sich von Insekten, Würmern und Schnecken.
- ◯ Teichmolche benötigen 100 bis 300 Eier pro Tag.

Informationen aus Tabellen

In **Tabellen** werden Informationen übersichtlich zusammengefasst. Wenn du Informationen aus Tabellen lesen möchtest, liest du zuerst die Überschrift und dann die einzelnen Spalten und Zeilen.

Die **Spalten** sind senkrecht angeordnet, du liest von oben nach unten. Die **Zeilen** sind waagerecht angeordnet, du liest sie von links nach rechts.

	Spalte 1 ↓	Spalte 2 ↓
Zeile 1 →		
Zeile 2 →		
Zeile 3 →		

2 Lies die Tabelle. Beantworte dann die Fragen.

Tiere am und im Wasser	So alt können sie werden
Teichfrosch	5 Jahre
Reiher	25 Jahre
Teichmolch	15 Jahre
Stichling	2 bis 3 Jahre
Fledermaus	20 Jahre
Stockente	5 bis 10 Jahre

a Wie alt kann ein Teichfrosch werden? ____________________

b Wie lange lebt eine Stockente? ____________________

c Wie alt kann eine Fledermaus werden? ____________________

d Welches Tier wird am ältesten? ____________________

e Welches Tier lebt am kürzesten? ____________________

Informationen aus Säulendiagrammen

Mithilfe von **Säulendiagrammen** kannst du auf einen Blick sehen, wie sich Mengen verteilen. Du kannst zum Beispiel sehen, welche Fellfarbe bei Tieren am häufigsten oder am seltensten vorkommt. Um ein Säulendiagramm zu lesen und zu verstehen, gehe so vor:

Schritt 1: Finde heraus, um welches Thema es in dem Säulendiagramm geht. Angaben dazu findest du meist in der Überschrift.

Schritt 2: Schaue dir dann an, welche Angaben auf den beiden Achsen des Säulendiagramms gemacht werden.

Schritt 3: Betrachte nun die einzelnen Säulen. Fahre mit dem Finger bis zum Ende einer Säule und lies ihren Wert an der y-Achse ab.

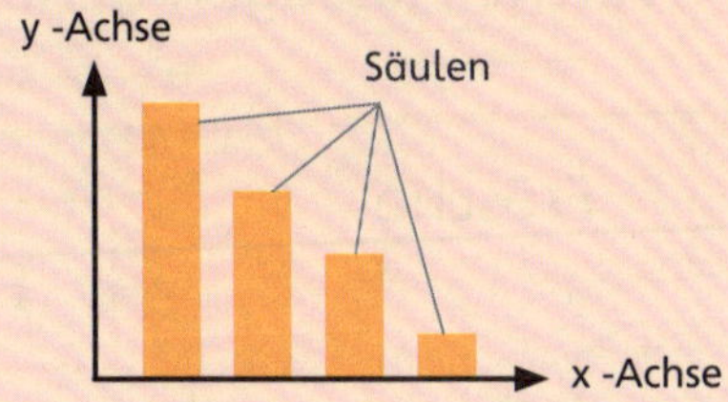

3 Schau dir das Säulendiagramm genau an und beantworte anschließend die Fragen auf der nächsten Seite.

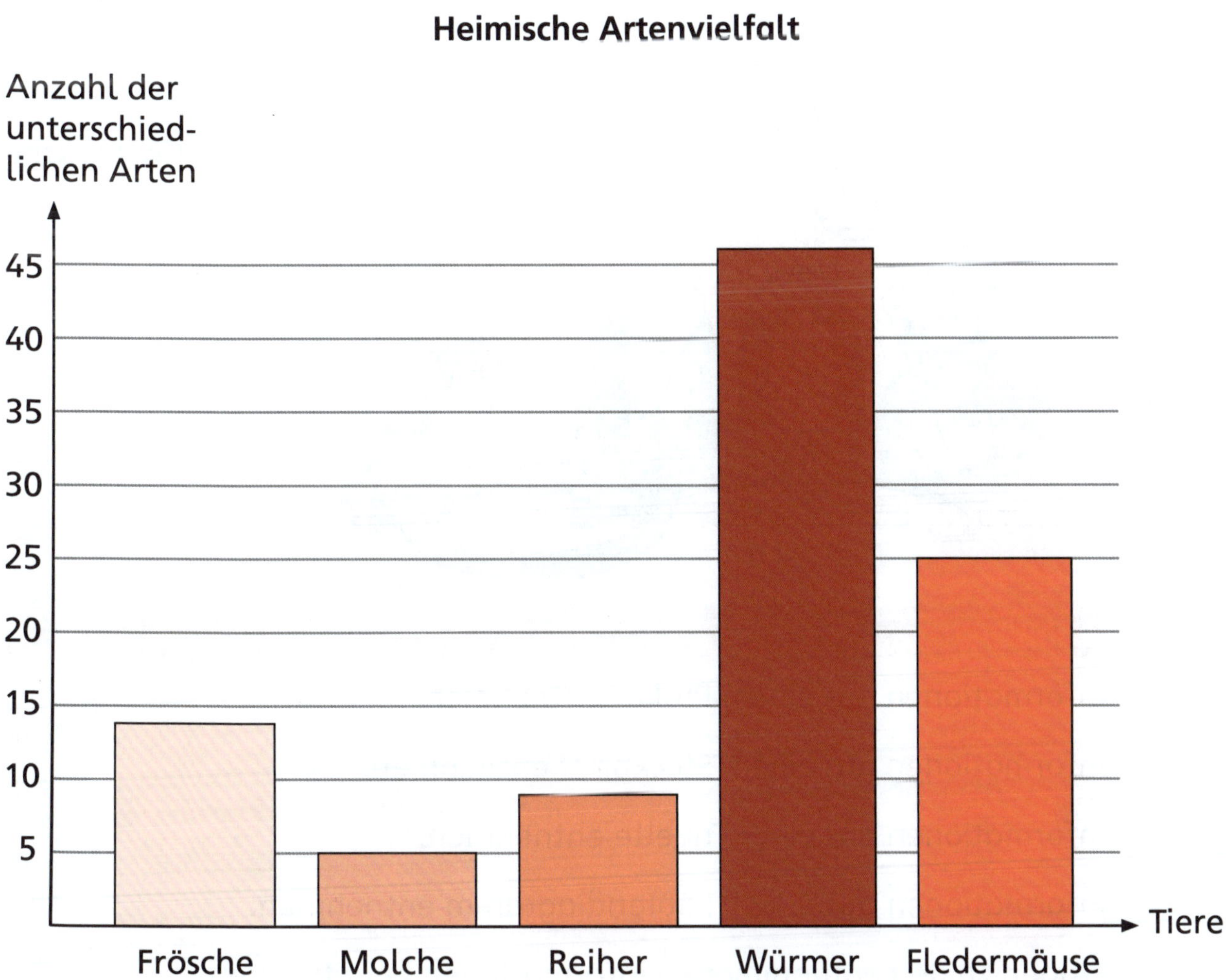

a Um welches Thema geht es in dem Säulendiagramm?

____

b Welche Informationen findest du auf den Achsen?

x-Achse: ______________________________________

y-Achse: ______________________________________

c Welche Aussagen gehören zusammen? Male sie in der gleichen Farbe an.

Frösche

Fledermäuse

Würmer

Molche

9 Arten

am meisten Arten

14 Arten

am wenigsten Arten

Reiher

am zweitmeisten Arten

Ich kann jetzt …	✓
… Informationen aus einem Plakat entnehmen.	○
… Informationen aus einem Steckbrief entnehmen.	○
… Informationen aus einer Tabelle entnehmen.	○
… Informationen aus einem Säulendiagramm entnehmen.	○
… Fragen zu den entnommenen Informationen beantworten.	○

1 Lies den Text und markiere Schlüsselwörter.

Tipp
zum Lösen der Aufgabe: Merkkasten 1 „Schlüsselwörter markieren“

Unser Sonnensystem

Unsere Erde ist einer von 8 Planeten in unserem Sonnensystem. Die Erde hat einen Mond, der sie umkreist. Wir Menschen sehen ihn am besten nachts.

Der Mond braucht für die Umkreisung der Erde etwa 28 Tage. In diesem Zeitraum verändert er sein Aussehen: vom Vollmond über den Halbmond zum Neumond und wieder über den Halbmond zum Vollmond. Auch den Neumond können wir sehen: Er scheint aber am Tag und nicht in der Nacht.

Die Erde umkreist die Sonne. Deswegen haben wir in manchen Teilen der Erde Jahreszeiten. Für eine Umkreisung der Sonne braucht die Erde ein Jahr. Die Erde dreht sich auch um sich selbst. Wenn du gerade dort stehst, wo die Erde zur Sonne zeigt, ist es Tag. Bist du gerade dort, wo die Erde nicht zur Sonne zeigt, ist es Nacht.

2 Beantworte die Fragen zum Text von **Aufgabe 1**. Schreibe in ganzen Sätzen.

Tipp
zum Lösen der Aufgabe: Merkkasten 2 „Fragen zum Text beantworten“

a Wie viele Planeten gibt es in unserem Sonnensystem?

____

b Wie lange braucht der Mond für eine Umkreisung der Erde?

____

c Wie lange braucht die Erde für eine Umkreisung der Sonne?

____

d Sehen wir auch den Neumond?

____

e Warum haben wir manchmal Tag und manchmal Nacht?

____

____

____

1 Schlüsselwörter markieren

Schlüsselwörter sind die **wichtigsten Wörter** in einem Text. Sie geben dir Auskunft über den Inhalt. Ohne sie könntest du die Aussage des Textes nicht richtig verstehen.

So findest du die Schlüsselwörter:

Schritt 1: Lies den ganzen Text, um einen Überblick zu erhalten, worum es in dem Text geht.

Schritt 2: Lies dann den ersten Satz noch einmal und unterstreiche die Wörter, die deiner Meinung nach wichtig für das Verständnis sind.

Schritt 3: Verfahre genauso mit den folgenden Sätzen des Textes.

Schritt 4: Prüfe am Schluss, ob du mithilfe der markierten Schlüsselwörter den Inhalt wiedergeben kannst.

(!) Deine Markierungen sollen auf den ersten Blick zeigen, worum es geht. Unterstreiche deshalb nicht zu viel!

1 In diesem Text sind die Schlüsselwörter markiert. Einige Schlüsselwörter fehlen jedoch im Text. Ergänze sie mithilfe der Wörter im Wörterkasten.

Länder • Landflächen • Kontinente • Australien • Forscher • Antarktis • Europa

Die Erde besteht aus Wasserflächen und ____________________.

Die Landflächen sind in verschiedene ____________________ unterteilt.

Die Kontinente unterteilen sich in ____________________.

Die Ausnahmen sind ____________________ und die ____________________, denn sie sind beides: Kontinent und Land.

Allerdings leben in der Antarktis nur ____________________.

Deutschland liegt auf dem Kontinent ____________________.

2 Lies die Sätze und markiere die Schlüsselwörter.

Die Anzahl der gesuchten Schlüsselwörter steht in Klammern hinter dem Satz.

In Europa gibt es 47 Länder. (3)

Europa ist dicht besiedelt. (2)

Etwa 739 Millionen Menschen leben in Europa. (3)

Die längsten Flüsse in Europa sind die Wolga und die Donau. (4)

Das höchste Gebirge in Europa sind die Alpen. (3)

3 Lies den Text und markiere Schlüsselwörter.

Unsere Erde

Wenn Astronauten im All sind, sehen sie die Erde als blaue Kugel. Deswegen nennen wir sie auch den „Blauen Planeten".

Vom Weltall aus hat die Erde eine blaue Farbe, weil sie zu einem großen Teil aus Wasser besteht. Dieses Wasser ist in unseren Meeren, aber auch in den großen Seen der Erde gesammelt.

Unsere Erde besteht nicht nur aus Wasser. Große Teile der Erde sind von Wäldern bedeckt.

Außer den Wäldern gibt es große Wüsten. Man unterscheidet zwischen Sandwüsten, Salzwüsten und Eiswüsten. Die Arktis und die Antarktis sind die beiden großen Eiswüsten.

Auch Gebirge gibt es auf der Erde. Der Himalaja ist das höchste Gebirge. Das längste Gebirge sind die Anden in Südamerika.

2 Fragen zum Text beantworten

Wenn du **Fragen** zu einem Text beantworten sollst, gehe so vor:

Schritt 1: Lies einmal den ganzen Text.

Schritt 2: Lies dann alle Fragen.

Schritt 3: Beginne nun mit der ersten Frage und lies sie noch einmal.

Schritt 4: Überfliege dann den Text und suche die Stelle, wo du eine Antwort auf die Frage findest.

Schritt 5: Beantworte so alle Fragen nacheinander.

4 Lies den Text. Beantworte anschließend die Fragen in ganzen Sätzen und notiere die Zeile, in der du die Antwort gefunden hast.

Die Sonne

Eigentlich ist unsere Sonne ein ganz normaler Stern. Im Weltall gibt es noch viel größere Sterne als die Sonne. In unserem Sonnensystem ist die Sonne allerdings der größte Stern und alle Planeten umkreisen sie.

Die Sonne besteht aus den Gasen Wasserstoff und Helium. Sie ist also eine riesige Gaskugel. Unsere Erde passt 1,3 Millionen Mal in die Sonne – das ist unvorstellbar!

Auch die Hitze der Sonne können wir uns kaum vorstellen. Da es dort so viel heißer als auf der Erde ist, gibt es auf der Sonne selbst kein Leben. Aber sie sorgt für Licht und Wärme und ermöglicht damit Leben auf der Erde.

Du solltest nie direkt in die Sonne schauen! Denn die Sonnenstrahlen sind so hell und stark, dass sie deine Augen verletzen können. Auch bei einer Sonnenfinsternis brauchst du eine spezielle Schutzbrille, um sie beobachten zu können.

a Ist die Sonne ein Planet oder ein Stern?

______________________________ Zeile: ______

b Woraus besteht die Sonne?

______________________________ Zeile: ______

c Wie oft passt unsere Erde in die Sonne?

______________________________ Zeile: ______

d Ist die Sonne wärmer oder kälter als die Erde?

______________________________ Zeile: ______

e Was ermöglicht die Wärme der Sonne auf der Erde?

______________________________ Zeile: ______

f Warum solltest du nie direkt in die Sonne schauen?

______________________________ Zeile: ______

g Was brauchst du, wenn du eine Sonnenfinsternis beobachten möchtest?

______________________________ Zeile: ______

Texte richtig lesen und bearbeiten

Gehe beim Lesen und Bearbeiten von Texten immer so vor:

Schritt 1: Lies zuerst einmal den ganzen Text.

Schritt 2: Lies den Text ein weiteres Mal und markiere dabei die Schlüsselwörter. Die Schlüsselwörter helfen dir, die Aufgaben zu lösen.

Schritt 3: Lies die Aufgaben.

Schritt 4: Suche im Text nach den passenden Informationen.

1 Lies den Text und markiere Schlüsselwörter.

Deutschland: Ein Land mitten in Europa

Ziemlich genau in der Mitte Europas befindet sich Deutschland. Deutschland hat neun Nachbarländer. Im Osten grenzt Deutschland an Polen und Tschechien, im Westen an Belgien, Luxemburg, die Niederlande und Frankreich. Unser nördlicher Nachbar ist Dänemark und im Süden findest du Österreich und die Schweiz.

Mit unseren Nachbarn im Süden und Südwesten teilen wir die Alpen. Mit unserem Nachbarn im Norden haben wir zwei Meere gemeinsam: die Ostsee und die Nordsee.

2 Beantworte die Fragen zum Text von **Aufgabe 1** in ganzen Sätzen. Notiere die Zeilen, in denen du die Informationen gefunden hast.

a Wie viele Nachbarländer hat Deutschland?

______________________________ Zeile: ______

b Wie heißen die Nachbarländer im Osten?

______________________________ Zeile: ______

c Wie heißen die Nachbarländer im Süden?

____

______________________________ Zeile: ______

d Was haben wir mit Dänemark gemeinsam?

____

______________________________ Zeile: ______

3 Beschrifte die Karte mithilfe der Informationen aus dem Text „Deutschland: Ein Land mitten in Europa“ in **Aufgabe 1** auf Seite 43.

a Trage die Namen unserer Nachbarländer an der richtigen Stelle in die Karte ein.

b Trage die Meere und Gebirge in die Karte ein.

Wenn du weitere Hilfe beim Ausfüllen der Karte benötigst, dann sieh in einem Atlas oder im Internet nach.

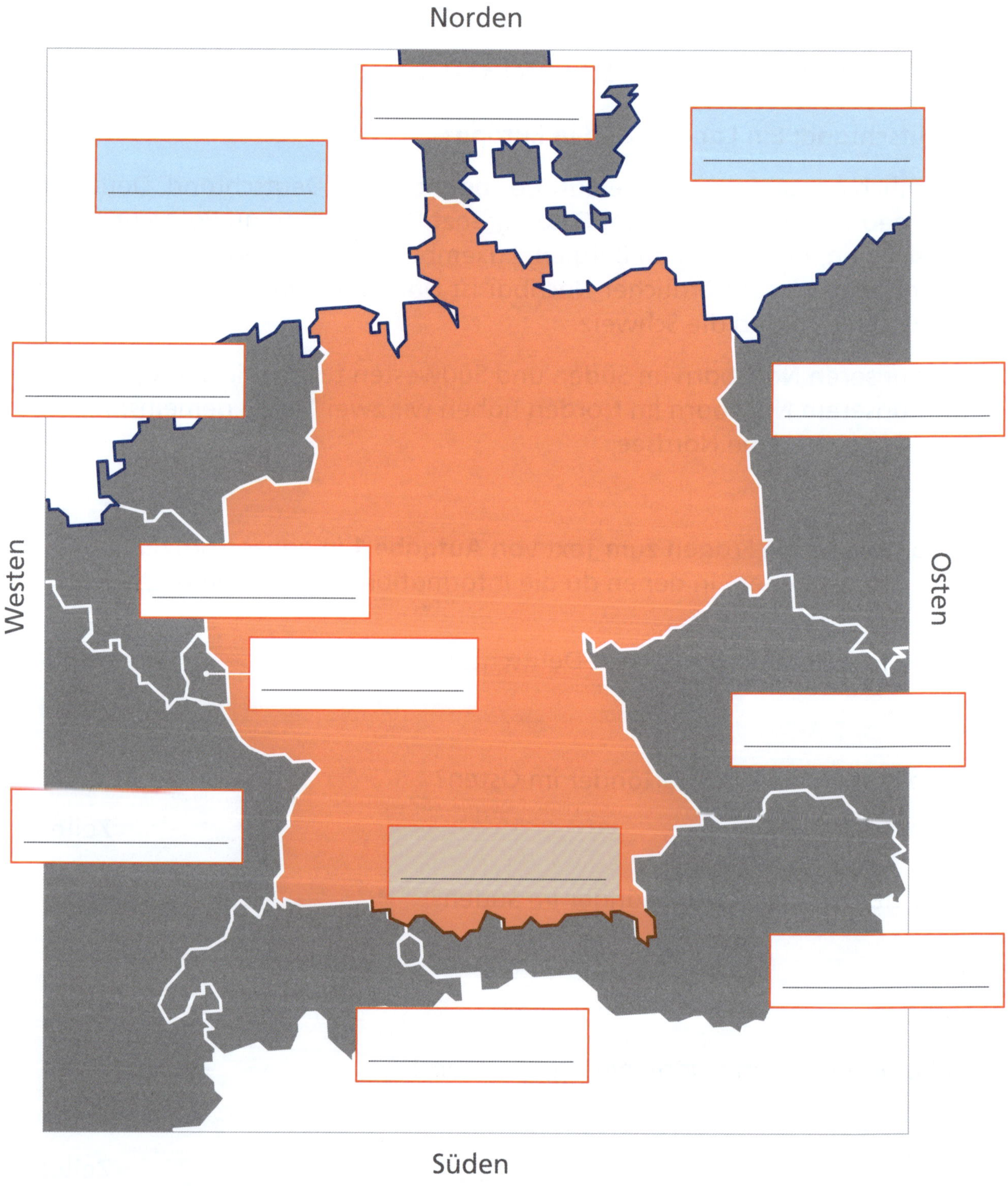

4 Lies den Text und markiere Schlüsselwörter.

Planeten in unserem Sonnensystem: Der Mars

Der Mars ist, von der Sonne aus gezählt, der vierte Planet in unserem Sonnensystem. Er ist der Nachbarplanet der Erde. Wir nennen ihn auch den „Roten Planeten“, weil er am Nachthimmel hell und rötlich erscheint. Der Mars ist ungefähr halb so groß wie die Erde. Sein Durchmesser beträgt etwa 6.800 km.

Er hat zwei Monde, die ihn umkreisen. Außerdem hat er wie die Erde zwei Pole und es gibt vier Jahreszeiten, wie bei uns in Deutschland. Im Durchschnitt ist es auf dem Mars –50 °C kalt. Es ist also kälter als auf der Erde.

Auf dem Mars gibt es, wie bei uns auch, Vulkane. Vulkanausbrüche und Einschläge von Meteoriten haben die Marsoberfläche gebildet: Man findet dort Krater und Berge. Auf der Südseite ist auf diese Weise ein Hochland entstanden, auf der Nordseite eine Tiefebene. Der Mars ist ein Wüstenplanet. Es gibt kein Wasser.

5 Welche Aussagen zum Text in **Aufgabe 4** stimmen? Kreuze an.

○ Der Mars ist der „Blaue Planet“.
○ Der Mars ist der „Rote Planet“.

○ Der Mars ist größer als die Erde.
○ Der Mars ist kleiner als die Erde.

○ Es gibt vier Jahreszeiten auf dem Mars.
○ Es gibt keine Jahreszeiten auf dem Mars.

○ Der Mars hat einen Mond.
○ Der Mars hat zwei Monde.

○ Auf dem Mars ist es kälter als auf der Erde.
○ Auf dem Mars ist es wärmer als auf der Erde.

○ Es gibt Wasser auf dem Mars.
○ Es gibt kein Wasser auf dem Mars.

6 Fülle den Steckbrief aus und male. Die benötigten Informationen findest du im Text „Planeten in unserem Sonnensystem: Der Mars“ in **Aufgabe 4** auf Seite 45.

Der Mars

Monde

Wie viele Monde hat der Mars?

____

Farbe

Welche Farbe hat der Mars?

____

Oberfläche

Wie sieht es auf dem Mars aus?

____

____

____

Zeichne grob die Oberfläche des Planeten ein.

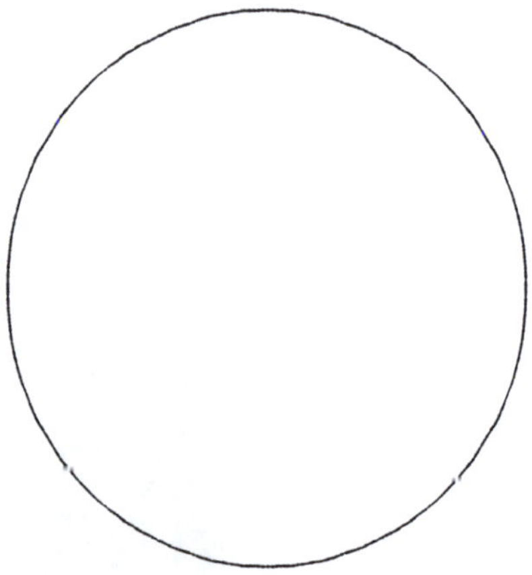

Temperatur

Welche Temperatur herrscht auf dem Mars?

____

Jahreszeiten

Wie viele Jahreszeiten gibt es auf dem Mars?

____

____

Durchmesser

Welchen Durchmesser hat der Mars?

____

Welcher Planet ist der Mars? Male ihn an.

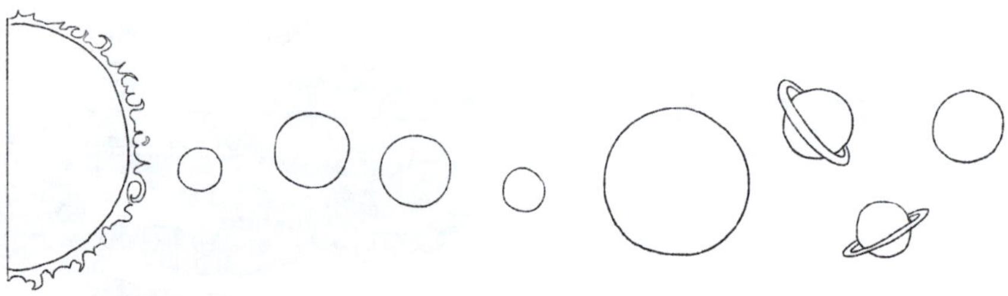

Überschriften zu Sachtexten finden

Überschriften geben uns einen Hinweis darauf, wovon ein Text handelt. Eine Überschrift beschreibt den **Inhalt des gesamten Textes** in wenigen Worten.

Eine **Zwischenüberschrift** beschreibt den Inhalt eines **Textabschnitts**.

7 Lies den Text und wähle eine passende Überschrift aus dem Kasten unten aus.

____

Wenn es dunkel ist, kannst du mit viel Glück Sternschnuppen am Himmel beobachten. Sternschnuppen sind Meteoriten. Das sind kleine Gesteinsbrocken, die im Weltall kreisen.
Wenn sie der Erde zu nah kommen und in die Atmosphäre eintreten, beginnen sie zu glühen. Dabei lösen sie sich meistens auf. Nur selten fallen ganz kleine Reste auf die Erde. Diese Reste bestehen aus Stein oder den Metallen Eisen und Nickel. Am häufigsten kannst du Sternschnuppen im August beobachten.

Erde • Sternschnuppen • Metalle

8 Lies den Text. Überlege dir dann passende Zwischenüberschriften und schreibe sie auf die Linien über den Abschnitten.

Die acht Planeten in unserem Sonnensystem

In unserem Sonnensystem gibt es acht Planeten. Sie haben unterschiedliche Merkmale und sind unterschiedlich weit von der Sonne entfernt. Um dir die Reihenfolge der Planeten zu merken, hilft der Merksatz:

Mein **V**ater **e**rklärt **m**ir **j**eden **S**onntag **u**nseren **N**achthimmel.

Jeder Anfangsbuchstabe steht für den Namen eines Planeten.

Merkur – der kleinste Planet

Merkur ist der Sonne am nächsten. Er ist der kleinste Planet.
Sein Durchmesser beträgt nur knapp 4.880 km.

____

Die Venus ist zwar weiter von der Sonne entfernt, aber trotzdem mit einer Durchschnittstemperatur von etwa 460 °C der wärmste Planet in unserem Sonnensystem. Bei dieser Temperatur würde sogar Blei schmelzen.

____

Die Erde, der „Blaue Planet“, ist der einzige Planet in unserem Sonnensystem, auf dem es Leben gibt, wie wir es kennen, also Pflanzen, Tiere und Menschen.

____

Der Mars ist der nächste Planet. Er wird wegen seiner rötlichen Färbung auch der „Rote Planet“ genannt. Ursache für diese Färbung ist der Eisenoxid-Staub (Rost), der sich auf seiner Oberfläche befindet.

____

Dann folgt Jupiter. Er ist der größte der Planeten und ungefähr 11-mal so groß wie die Erde. Wie die Sonne besteht er aus Gasen. Jupiter hat 79 Monde.

____

Dahinter finden wir Saturn und Uranus. Beide Planeten besitzen Ringe. Diese Ringe bestehen aus sehr vielen Staubteilchen und Gesteinsbrocken. Man kann die Ringe des Saturn sogar durch ein Teleskop von der Erde aus sehen.

____

Neptun ist am weitesten von der Sonne entfernt. Er ist zwar fast 4-mal so groß wie die Erde, aber man kann ihn nur mithilfe eines Teleskops beobachten. Mit bloßem Auge ist er von der Erde aus nicht zu erkennen.

Ich kann jetzt …	✓
… Schlüsselwörter markieren.	○
… Fragen zu einem Text beantworten.	○
… überprüfen, ob eine Aussage zu einem Text richtig oder falsch ist.	○
… Informationen aus einem Text in ein Bild übertragen.	○
… Informationen aus einem Text in einen Steckbrief übertragen.	○
… eine Überschrift zu einem Text finden.	○

1 Kreise die bestimmten Artikel rot und die unbestimmten Artikel blau ein.

ein das die eine der

Tipp
zum Lösen der Aufgabe: Merkkasten 1 „Bestimmter und unbestimmter Artikel"

2 Fülle die Tabelle aus und ergänze die passenden bestimmten Artikel.

Tipp
zum Lösen der Aufgabe: Merkkasten 2 „Die Mehrzahl von Nomen bilden"

Bestimmter Artikel	Nomen in der Einzahl	Bestimmter Artikel	Nomen in der Mehrzahl
	Kind		
	Kühlschrank		
	Maus		
			Omas
			Tische
	Loch		

3 Verwandle die Verben und Adjektive mit der passenden Nachsilbe „-ung", „-heit" oder „-keit" in ein Nomen: Ergänze die Nachsilbe und schreibe das Nomen mit bestimmtem Artikel auf.

Tipp
zum Lösen der Aufgabe: Merkkasten 3 „Nomen mit den Nachsilben -ung, -heit und -keit bilden"

einsam + ____________ → ______________________________

sicher + ____________ → ______________________________

beraten + ____________ → ______________________________

dumm + ____________ → ______________________________

halten + ____________ → ______________________________

freundlich + ____________ → ______________________________

1 Bestimmter und unbestimmter Artikel

Vor Nomen kann man einen **Artikel** setzen.

Es gibt **bestimmte Artikel** (der, die, das) und **unbestimmte Artikel** (ein, eine).

Beispiel: **der** Junge – **ein** Junge, **die** Blume – **eine** Blume, **das** Glas – **ein** Glas

(!) Den unbestimmten Artikel gibt es nur in der Einzahl.

1 Setze jeweils den bestimmten und den unbestimmten Artikel ein.

das Mädchen –	ein Mädchen	____ Schuh –	____ Schuh
____ Maus –	____ Maus	____ Vogel –	____ Vogel
____ Blatt –	____ Blatt	____ Lücke –	____ Lücke

2 Die Mehrzahl von Nomen bilden

Die meisten Nomen gibt es in der **Einzahl** (Singular) und in der **Mehrzahl** (Plural).
Um die Mehrzahl zu bilden, werden oft **Endungen** an das Nomen angehängt:

-n:	die Hütte → die Hütte**n**	**-er**:	das Feld → die Feld**er**
-en:	die Uhr → die Uhr**en**	**-e**:	der Tisch → die Tisch**e**
-s:	das Baby → die Baby**s**		

Bei manchen Nomen **verändern** sich in der Mehrzahl auch die **Selbstlaute** (Vokale):

a → ä	**o → ö**	**u → ü**	**au → äu**
Rad → R**ä**d**er**	Hof → H**ö**f**e**	Turm → T**ü**rm**e**	Maus → M**äu**s**e**

(!) Manche Nomen haben keine Mehrzahl: das Obst, der Schnee

2 Bilde zu jedem Nomen die Mehrzahl. Kreise die Endung und, wenn vorhanden, den veränderten Selbstlaut ein.

das Glas → die Gläser	die Note → ____________
der Kuss → ____________	das Auto → ____________
der Kopf → ____________	der Zaun → ____________

3 Unterstreiche in den Sätzen alle Nomen in der Mehrzahl.

In jedem Klassenzimmer gibt es viele Stühle und Tische. An den Wänden befinden sich Tafeln und Plakate. Die Kinder, aber auch die Lehrerinnen und Lehrer, freuen sich über schöne, helle Räume in der Schule.

3 Nomen mit den Nachsilben -ung, -heit und -keit bilden

Es gibt **Wortbausteine**, die man an den Wortstamm eines Wortes anhängen kann. Diese Wortbausteine heißen **Nachsilben**.

Mit den **Nachsilben -ung**, **-heit** und **-keit** kann man aus Verben und Adjektiven Nomen bilden. Die Nomen musst du **großschreiben**.

Beispiele: verletzen → die Verletz**ung**
natürlich → die Natürlich**keit**
klug → die Klug**heit**

4 Finde in jedem Satz den Fehler und streiche den falsch geschriebenen Buchstaben durch. Schreibe das verbesserte Wort auf.

Satz	**Berichtigung**
Endlich schaffte sie die schwierige drehung beim Tanzen.	
Der Beamte überprüfte die echtheit des Geldscheins.	
Den Lehrkräften war pünktlichkeit sehr wichtig.	
Oma erzählte oft von ihrer kindheit.	
Lucys zeichnungen waren in der Schule beliebt.	

5 Bilde mit den Nachsilben „-ung“, „-heit“ oder „-keit“ aus den unterstrichenen Wörtern Nomen. Schreibe sie in die Lücken.

a Der Polizist warnte uns. Seine ____________ war ernst gemeint.

b Papa liebt eine saubere Wohnung. Für diese ____________ putzt er oft.

c Bist du damit zufrieden? Mir ist deine ____________ wichtig.

d Das Mädchen war sehr tapfer. Ihre ____________ wird belohnt.

Nomen mit den Nachsilben -nis, -schaft und -tum bilden

Neben den Nachsilben -ung, -heit und -keit gibt es noch weitere Nachsilben, mit denen man Nomen bilden kann:

-nis:	verhalten	+ nis	→ das Verhältnis
-schaft:	schwanger	+ schaft	→ die Schwangerschaft
-tum:	reich	+ tum	→ der Reichtum

Die Mehrzahl solcher Nomen bildest du so:
das Verhältnis – die Verhält**nisse**, der Reichtum – die Reich**tümer,**
die Schwangerschaft – die Schwanger**schaften**

1 Verwandle die Wörter mit der passenden Nachsilbe „-nis", „-schaft" oder „-tum" in ein Nomen. Ergänze die Nachsilbe und schreibe das Nomen mit dem bestimmten Artikel auf.

hilfsbereit + ________ → ____________________

heilig + ________ → ____________________

geheim + ________ → ____________________

wachsen + ________ → ____________________

verwandt + ________ → ____________________

2 Löse das Rätsel.

① Jemand, der viel **besitzt**, hat viele …

② In den Ferien hat Esme viel **erlebt**. Sie hatte viele schöne …

③ Die Kinder sind sehr **einfallsreich**. Die Lehrerin freut sich über den …

④ Er ist mit vielen Menschen **bekannt**. Er hat eine große …

⑤ Sie **kennt** viele Länder sehr gut. Als Reiseleiterin braucht sie vielfältige …

Die vier Fälle (Kasus)

Nomen können in **vier Fällen** stehen. Je nachdem, in welchem Fall ein Nomen steht, ändert sich nicht nur die **Form des Artikels,** sondern auch die **Form des Nomens**.

Beispiel: **Das Mädchen** trägt eine grüne Hose.
Die Hose **des Mädchens** ist grün.

Mit folgenden **Fragen** kannst du den Fall des Nomens herausfinden.

1. Fall: **Nominativ** → Wer oder was?
2. Fall: **Genitiv** → Wessen?
3. Fall: **Dativ** → Wem?
4. Fall: **Akkusativ** → Wen oder was?

Beispiel: **Der Junge** spielt mittwochs immer Handball.
→ **Wer oder was** spielt mittwochs immer Handball? → der Junge

Die Mannschaft **des Jungen** steht kurz vor dem Aufstieg.
→ **Wessen** Mannschaft steht kurz vor dem Aufstieg? → des Jungen

Der Trainer gibt **dem Jungen** einen Tipp.
→ **Wem** gibt der Trainer einen Tipp? → dem Jungen

Der Trainer lobt **den Jungen**.
→ **Wen oder was** lobt der Trainer? → den Jungen

3 Frage nach dem unterstrichenen Nomen und gib den Fall an.

a <u>Zwei Schüler</u> haben den Wettkampf gewonnen. Fall:

______________________________ ______

b Die Gartenarbeit machte <u>dem Kind</u> viel Spaß. Fall:

______________________________ ______

c Die Hunde <u>der Familie</u> haben die ganze Nacht laut gebellt. Fall:

______________________________ ______

d Die Mutter hat <u>den Einkaufszettel</u> zu Hause vergessen. Fall:

______________________________ ______

4 Schreibe die Fragen zum angegebenen Fall auf und unterstreiche die Antworten.

Nominativ:

Der Junge spielt Gitarre. ______________________

Das Mädchen singt. ______________________

Genitiv:

Die Mutter des Jungen freut sich. ______________________

Die Jacke der Oma ist grün. ______________________

Dativ:

Der Ball gehört dem Kind. ______________________

Der Vater glaubt seinem Sohn. ______________________

Akkusativ:

Er lächelt den Mann an. ______________________

Ich sehe den Dieb rennen. ______________________

5 Setze den Artikel passend zum Nomen in den unterschiedlichen Fällen ein.

________ Katze fängt eine Maus.

Das Fell ________ Katze ist rot.

Die Kinder geben ________ Katze etwas zu fressen.

Der laute Knall überrascht ________ Katze.

Ich kann jetzt …	✓
… den bestimmten und unbestimmten Artikel vor Nomen setzen.	◯
… die Einzahl und die Mehrzahl von Nomen bilden.	◯
… verschiedene Nachsilben an Wörter hängen, um Nomen zu bilden.	◯
… die vier Fälle des Nomens unterscheiden und nach ihnen fragen.	◯

1 Unterstreiche alle Adjektive.

Maus • schnell • Jacke • biegen • lügen • stehen • lieb • kühl • Sonne • loben • klug • Luft • Flasche • Blitz • schön • Blume • Mauer • läuft • Wasser • gut

Tipp zum Lösen der Aufgabe: Merkkasten 1 „Adjektive erkennen"

2 Fülle die Tabelle mit den Adjektiven aus **Aufgabe 1** aus und steigere sie.

Grundform	1. Vergleichsstufe	2. Vergleichsstufe

Tipp zum Lösen der Aufgabe: Merkkasten 2 „Adjektive bei Vergleichen steigern"

3 Vergleiche die Schnecken mit dem Adjektiv „lang". Setze zusätzlich „als" oder „wie" ein.

①
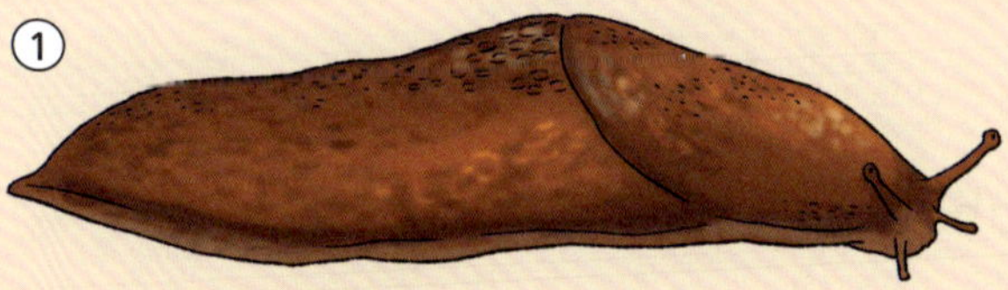

②

③

④

Schnecke 4 ist ____________________ Schnecke 2.

Schnecke 2 ist genauso ____________________ Schnecke 3.

Schnecke 1 ist ____________________ Schnecke 4.

Tipp zum Lösen der Aufgabe: Merkkasten 3 „Vergleiche mit ‚als' und ‚wie'"

1 Adjektive erkennen

Adjektive erkennst du daran, dass du nach **„Wie ist etwas oder jemand?"** fragen kannst. Daher werden sie auch als „Wie-Wörter" bezeichnet.

Adjektive **beschreiben** Menschen, Tiere, Pflanzen und Dinge genauer.

Beispiele: Der Mann ist **lustig**. Lena freut sich über die **schöne** Rose.

Adjektive schreibst du immer **klein**.

1 Unterstreiche die Adjektive in den Sätzen.

a Auf dem dicken Ast sitzen große Vögel.

b Jeden Morgen höre ich den lauten Wecker.

c Die kurze Jeans ist teuer.

d Das Mädchen ist sehr nett.

2 Adjektive bei Vergleichen steigern

Mithilfe von Adjektiven kannst du etwas vergleichen. Dafür benutzt du verschiedene Formen: die **Grundform**, die **1. Vergleichsstufe** (Komparativ) und die **2. Vergleichsstufe** (Superlativ).

Beispiele: Der Mann ist lustig. (Grundform)
Der Junge ist lustig**er**. (1. Vergleichsstufe)
Der Clown ist **am** lustig**sten**. (2. Vergleichsstufe)

(!) Bei manchen Adjektiven werden die Formen unregelmäßig gebildet!

Beispiel: viel – mehr – am meisten

2 Ergänze die fehlenden Formen in der Tabelle.

Grundform	1. Vergleichsstufe	2. Vergleichsstufe
dick		
		am größten
	lauter	
		am kürzesten
teuer		

3 Vergleiche mit „als“ und „wie“

Wenn du bei einem Vergleich einen **Unterschied** feststellst, benutzt du die **1. Vergleichsstufe** des Adjektivs und das Wort **„als“**.

Beispiel: Der Junge ist **älter als** das Baby.
(Hier gibt es einen Unterschied: Sie sind unterschiedlich alt.)

Wenn du bei einem Vergleich **keinen Unterschied** feststellst, benutzt du die **Grundform** und das Wort **„wie“**.

Beispiel: Der Junge ist so **alt wie** meine Schwester.
(Hier gibt es keinen Unterschied: Sie sind gleich alt.)

3 Wähle das passende Adjektiv aus und schreibe es richtig in die Lücke. Entscheide dich für „als“ oder „wie“.

Die Schokolade wiegt ______________ der Zucker.

Die Jeans ist ______________ das T-Shirt.

Die Nüsse wiegen genauso ______________ die Schokolade.

Das Baby ist ______________ das Mädchen.

Der Pullover ist genauso ______________ die Jeans.

jung · viel · günstig · teuer · wenig

Typische Nachsilben für Adjektive

Du kannst Nomen und Verben **in Adjektive verwandeln**, indem du passende Nachsilben an das Wortende anhängst.

Diese **Nachsilben** sind: **-ig, -lich, -los, -bar, -sam** und **-isch**.

Beispiele: Herz → herzlich, herzlos kratzen → kratzig

1 Finde zu jedem Wort ein passendes Adjektiv. Schreibe es auf und markiere die Nachsilbe.

danken → ______ Frieden → ______ Ecke → ______

Sturm → ______ sparen → ______ Ende → ______

Adjektive deklinieren (beugen)

Adjektive, die **vor Nomen** stehen, verändern sich. Das hängt davon ab, ob das Nomen in der Einzahl (Singular) oder in der Mehrzahl (Plural) steht und in welchem Fall (Kasus).

Beispiele: das schöne Kleid (Einzahl) → die schön**en** Kleider (Mehrzahl)

das schöne Kleid (Nominativ) → des schön**en** Kleides (Genitiv)

2 Dekliniere die Adjektive in den Klammern und schreibe sie in die Lücken.

a Wegen der ______ (laut) Musik konnte ich mich nicht konzentrieren.

b Durch das ______ (spannend) Spiel verging die Zeit wie im Flug.

c Die ______ (alt) Frau bedankt sich bei dem ______ (hilfsbereit) Kind mit einem ______ (lecker) Kuchen.

Ich kann jetzt …	✓
… Adjektive erkennen.	○
… Adjektive steigern.	○
… mit Adjektiven Vergleiche anstellen.	○
… Nomen und Verben in Adjektive verwandeln.	○
… Adjektive deklinieren.	○

1 Konjugiere die Verben in der Tabelle.

denken	springen	laufen	sein
ich	ich	ich	ich
du	du	du	du
er/sie/es	er/sie/es	er/sie/es	er/sie/es
wir	wir	wir	wir
ihr	ihr	ihr	ihr
sie	sie	sie	sie

Tipp zum Lösen der Aufgabe: Merkkasten 1 „Verben konjugieren (beugen)“

2 Unterstreiche in den folgenden Sätzen die konjugierten Verben.

a Sie liebt die Berge, aber auch das Meer.

b Er lacht immer, wenn Paul Witze erzählt.

c Ihr seid wirklich sehr freundlich!

d Ich bin abends oft müde.

e Wir spielen gerne auf der Konsole.

f Mein Onkel baut ein Klettergerüst.

Tipp zum Lösen der Aufgabe: Merkkasten 1 „Verben konjugieren (beugen)“

3 Unterstreiche die konjugierten Verben sowie ihre abgetrennten Wortbausteine und schreibe die vollständige Grundform der Verben daneben.

Ich lege jetzt wirklich auf. ____________

Schreibst du mir die Adresse auf? ____________

Du malst am besten alles aus! ____________

Wann kommst du zurück? ____________

Sara bringt ihrer Oma das Ladekabel vorbei. ____________

Tipp zum Lösen der Aufgabe: Merkkasten 2 „Verben mit Wortbausteinen bilden“

1 Verben konjugieren (beugen)

In der **Grundform** (Infinitiv) haben Verben die **Endung -en** oder **-n**.

Im Satz verändern sich die Endungen der Verben jedoch, die Verben werden **konjugiert** (gebeugt). Das bedeutet, dass du die Verben der Person anpasst.

Beispiel: renn**en** (Grundform)

ich renn**e**, du renn**st**, er/sie/es renn**t**, wir renn**en**, ihr renn**t**, sie renn**en** (Personalformen)

(!) Bei manchen Verben verändert sich dabei auch der **Wortstamm**.

Beispiel: **lauf**en (Grundform)
du **läuf**st, er/sie/es **läuf**t (2. und 3. Person Einzahl)

1 Konjugiere das Verb „sprechen" und unterstreiche den Wortstamm.

sprechen: ______________________________

____

2 Wähle das passende Verb aus und schreibe die richtige Form in die Lücke.

spielen • haben • sein • essen

a Meine Oma ________ am liebsten Zartbitterschokolade.

b Johannes und Matti ________ Tischtennis.

c ________ du Durst?

d ________ ihr fertig?

2 Verben mit Wortbausteinen bilden

Wortbausteine sind beispielsweise: **vor-**, **ab-**, **ver-**, **be-**, **auf-**, **an-** und **aus-**.
Setzt du sie vor ein Verb, so **verändern** die Verben ihre **Bedeutung**.

Beispiel: schreiben → **ab**schreiben, **be**schreiben …

3 Schreibe das Verb in Klammern mit einem passenden Wortbaustein auf.

a Oh je! Jetzt habe ich mich schon wieder ________ (lesen).

b Ich muss dir heute leider ________ (sagen).

c Kannst du mich ________ (stehen)?

Zeitformen (Tempus) von Verben

Verben kannst du nicht nur in die unterschiedlichen Personalformen setzen, sondern auch in unterschiedliche Zeitformen. **Signalwörter** helfen dir beim Erkennen der Zeitformen:

Präsens (Gegenwart): Du machst etwas **gerade, im Moment, sofort, immer**.

Präteritum (schriftliche Vergangenheit): Du hast etwas in der Vergangenheit gemacht, **vor einiger Zeit, neulich**.
Diese Form verwendest du vor allem beim schriftlichen Erzählen.

Perfekt (gesprochene Vergangenheit): Du hast etwas **eben** oder **vorhin** gemacht.
Diese Form verwendest du vor allem beim mündlichen Erzählen.

Futur (Zukunft): Du wirst etwas in der Zukunft machen, **in ein paar Wochen**.

1 Ordne die Signalwörter den verschiedenen Zeitformen zu und trage sie in die Tabelle ein.

jetzt
letzte Woche
vor langer Zeit
eben
vorhin
vor Kurzem
vor zehn Jahren
in zehn Jahren
gerade
bald
morgen
jeden Morgen

Präsens	Präteritum	Perfekt	Futur

Vergangenheitsformen bilden

Das **Präteritum** bildest du meist mit **-t**. Bei einigen Verben ändert sich jedoch der **Wortstamm**.

Beispiele: Tara besuchte uns letzte Woche.
Gestern **sahen** wir einen lustigen Film.

Das **Perfekt** bildest du mit einer Personalform von **haben** oder **sein** im Präsens und der Vorsilbe **ge-**.

Beispiele: Vorhin **habe** ich das Buch zu Ende **gelesen**.
Linda **ist** eben **gekommen**.

2 Unterstreiche die Verben im Präteritum blau und die Verben im Perfekt grün.

a Ich habe lange für Deutsch geübt.

b Die Katze miaute und der Hund bellte.

c Wir hörten ein aufgeregtes Flüstern.

d Ich habe an meinen Opa gedacht.

e Karim strahlte über beide Ohren.

f Hast du ihm das geglaubt?

g Du warst ohne mich bei dem Treffen?

h Du bist gerade falsch gefahren.

i Es war ziemlich laut hier.

j Lisa hat es mir gesagt.

3 Schreibe die Sätze im Präteritum auf und unterstreiche die Verbform.

Das Gespenst erschreckt sich. → ______

Anton spricht ganz leise. → ______

Idil rennt schnell zum Bus. → ______

4 Schreibe die Sätze im Perfekt auf und unterstreiche die Verbform.

Ida spielt Basketball. → ______

Sie singen im Chor. → ______

Wir fahren ihnen nach. → ______

Das Futur bilden

Die **Zukunftsform** bildest du mit einer Personalform von **werden** und der **Grundform des Verbs**.

Beispiel: Nächstes Jahr **werde** ich eine mehrtägige Radtour **machen**.

5 Schreibe die Sätze im Futur auf und unterstreiche die Verbform.

Leon spielt in der Bundesliga. → ______________________

An Weihnachten schneit es. → ______________________

Pia erzählt eine Geschichte. → ______________________

6 Fülle die Tabelle aus.

Zeitform	malen	werfen	lesen
Präsens	ich	du	er
Präteritum	ich	du	er
Perfekt	ich	du	er
Futur	ich	du	er

7 Unterstreiche die Verben in den verschiedenen Zeitformen.

Präsens = rot	Präteritum = blau	Perfekt = grün	Futur = gelb

Klassenfahrt

Endlich ist es soweit! Schon so lange habe ich mich auf die Klassenfahrt gefreut! Wie alle anderen vierten Klassen der letzten Jahre, fahren auch wir in eine schöne Kleinstadt.

Dort werden wir ein Schloss besichtigen. Früher spukte es dort wohl. Auf unsere Nachfrage hin, lachte unsere Lehrerin und schüttelte den Kopf. So etwas gibt es doch nur in Gruselgeschichten, meinte sie. Na ja, wir werden es ja sehen.

An einem anderen Tag werden wir einen großen Wildpark besuchen. Letztes Jahr gab es für die andere Klasse eine extra Führung mit Fütterung, sodass die Tiere sehr nah waren. Für die Luchse gab es ganze Hühnchen. Igitt!

Am meisten freue ich mich aber auf die Fischotter. Sie sehen so niedlich aus. Am vorletzten Tag werden wir noch einen Freizeitpark besuchen. Dort gibt es Achterbahnen, ein Geisterhaus und viele verschiedene Stände.

Hoffentlich werde ich nicht so großes Heimweh haben. Notfalls werde ich meine Eltern anrufen oder meine Freunde werden mich trösten. Letztes Jahr kam sogar eine Mama zur Jugendherberge. Zum Glück blieb der Junge dann doch noch bei seiner Klasse und nahm weiter an der Klassenfahrt teil. Das kurze Treffen mit seiner Mama hat ihm wohl geholfen. Mir wird das aber mit Sicherheit nicht passieren. Hoffe ich.

Ich kann jetzt …	✓
… Verben konjugieren.	○
… Verben mit Wortbausteinen erkennen.	○
… Verben mit verschiedenen Wortbausteinen bilden.	○
… durch Signalwörter die passende Zeitform bestimmen.	○
… Verben in den Vergangenheitsformen bilden.	○
… Verben in der Zukunftsform bilden.	○
… Verben in den verschiedenen Zeitformen bestimmen.	○

1 Bilde aus jedem Satz einen neuen Aussagesatz und einen Fragesatz, indem du die Wörter umstellst.

Tipp
zum Lösen der Aufgabe: Merkkasten 1 „Satzglieder mithilfe der Umstellprobe erkennen"

a Der Hund läuft schnell.

b Das Reh stand auf der Wiese.

c Mein Bruder geht jeden Tag in den Kindergarten.

d Am Nachmittag treffe ich meine Freunde in der Stadt.

2 Kreise in den Sätzen in **Aufgabe 1** die Wörter ein, die beim Umstellen zusammengeblieben sind.

Tipp
zum Lösen der Aufgabe: Merkkasten 1 „Satzglieder mithilfe der Umstellprobe erkennen"

3 Unterstreiche in jedem Satz das Subjekt rot und das Prädikat blau.

Tipp
zum Lösen der Aufgabe: Merkkasten 2 „Subjekt und Prädikat (Satzkern) erkennen"

a Ich esse gerade eine riesengroße Portion Nudeln.

b Meine Schwester las in den Ferien ein Buch nach dem anderen.

c Heute Morgen brachte Bertha ihrer Nachbarin einen Kuchen.

d Fährt deine Oma immer so schnell?

1 Satzglieder mithilfe der Umstellprobe erkennen

Du kannst die Wörter in einem Satz **umstellen** und dadurch neue Sätze bilden.

Beispiel: (Samar) (fährt) (heute) (mit ihrem neuen Fahrrad.)
(Aussagesatz)

(Heute) (fährt) (Samar) (mit ihrem neuen Fahrrad.)
(umgestellter Aussagesatz)

(Fährt) (Samar) (heute) (mit ihrem neuen Fahrrad?)
(Fragesatz)

Beim Umstellen bleiben manche Wörter immer zusammen. Sie bilden die Teile eines Satzes. Man nennt sie **Satzglieder**.

Ein Satzglied kann aus einem Wort („Samar", „fährt") oder aus mehreren Wörtern („mit ihrem neuen Fahrrad") bestehen. Du kannst die Wörter „mit ihrem neuen Fahrrad" **nicht voneinander trennen**. Der Satz macht sonst keinen Sinn.

1 Bilde aus jedem Satz einen Fragesatz.

a Toni war am Montag krank.

______________________________ ______

b Nelli füttert ihren Hund jeden Abend.

______________________________ ______

c Sie übernachten bei ihrer Oma.

______________________________ ______

d In ihrem lang ersehnten Urlaub haben sie perfektes Wetter.

______________________________ ______

e Jan gewinnt den ersten Preis bei einem Musikwettbewerb.

______________________________ ______

2 Kreise die Satzglieder in den Sätzen von **Aufgabe 1** ein und notiere hinter jedem Satz, wie viele Satzglieder er hat.

Deutsch 4

Durchblick mit Tessa Tinte

Grundlagen festigen – Neues sicher lernen

Erarbeitet von:

Lena-Christin Grzelachowski
Martina Knipp

Lösungen

Mildenberger

1 In dem Brief fehlen noch wichtige Angaben.
Schreibe die fehlenden Angaben an die richtige Stelle.

Tipp zum Lösen der Aufgabe: Merkkasten 1 „Bestandteile eines Briefes kennen"

Viele Grüße | Liam | Liebe Aylin, | München, den 01.10.2024

München, den 01.10.2024

Liebe Aylin,

ich hatte dir ja bereits geschrieben, wie sehr ich mir ein Haustier wünsche. Jetzt habe ich eins bekommen! Meine Eltern haben mir einen Hamster geschenkt. Er ist ein ganz besonderer Hamster, denn er ist tagsüber wach und schläft nachts. Ich habe ihn Rocky getauft. Wenn du „Dsungarischer Zwerghamster" googelst, kannst du dir ein Bild anschauen. Er ist so niedlich!

Ich freue mich, wenn du mir auch einmal schreibst!

Viele Grüße

Liam

2 Beantworte die folgenden Fragen zum Brief von **Aufgabe 1**.

Tipp zum Lösen der Aufgabe: Merkkasten 1 „Bestandteile eines Briefes kennen"

a Wer ist der Absender des Briefes? Liam

b Wer ist der Empfänger des Briefes? Aylin

c Warum hat der Absender den Brief geschrieben? Liam möchte Aylin von seinem neuen Haustier berichten.

d Wo wurde der Brief geschrieben? in München

e Wann wurde der Brief geschrieben? am 01.10.2024

1 Bestandteile eines Briefes kennen

Briefe beinhalten Informationen, die man jemandem mitteilen möchte. Auch Fragen können in Briefen gestellt werden. Manchmal werden Erlebnisse berichtet. Der Brieftext ist das Wichtigste in einem Brief, trotzdem musst du die Form einhalten und auf die richtige Reihenfolge der einzelnen Bestandteile achten.

Jeder Brief besteht aus:

1. **Ort und Datum** (wo du den Brief schreibst und wann)
2. **Anrede** der Person, die den Brief bekommt (Empfänger/Empfängerin), mit einer Begrüßung
3. **Brieftext**
4. **Grußformel**
5. **Unterschrift** der Person, die den Brief schreibt (Absender/Absenderin)

1 Schreibe die Bezeichnungen für die Bestandteile eines Briefes in die Kästchen.

Ort und Datum — Stuttgart, den 14.10.2024

Hallo Liam, — Anrede

das ist ja toll, dass du jetzt einen Hamster hast! Ich habe mir im Internet angeschaut, wie er aussieht, und er ist wirklich sehr süß! Dass er tagsüber wach ist, ist ja toll. Da kannst du ihn auch mal streicheln oder ihn aus dem Käfig nehmen. Oder hat er Angst vor dir? Wie oft musst du seinen Käfig putzen?

Ich kann kein Haustier haben, weil ich so oft zum Fußballtraining gehe. Aber das macht mir ja Spaß und deswegen bin ich auch nicht traurig darüber.

Schreib mir doch mal, was du mit deinem Hamster erlebst! — Brieftext

Herzliche Grüße — Grußformel

Aylin — Unterschrift

E-Mails schreiben

Statt eines Briefes kannst du auch eine E-Mail schreiben, um einer anderen Person etwas mitzuteilen. Dafür brauchst du einen Internetzugang und eine **eigene E-Mail-Adresse (Absender/Absenderin)**.

Wenn du eine E-Mail schreibst, brauchst du **Ort und Datum nicht extra angeben**. Das Datum und sogar die Uhrzeit werden automatisch von deinem E-Mail-Programm angegeben. Die Ortsangabe entfällt.

Du benötigst aber zusätzlich die **E-Mail-Adresse** der Person, der du schreiben möchtest **(Empfänger oder Empfängerin)**. Außerdem sollest du auch die **Betreffzeile** ausfüllen. In dieser Zeile trägst du in einem oder wenigen Wörtern ein, worum es in deiner Mail geht.

Alle anderen Bestandteile eines Briefes (Anrede, Text, Grußformel und Unterschrift/Name) nutzt du auch für das Schreiben einer E-Mail.

1 Liam hat seinem neuen Freund Cem eine E-Mail geschrieben. Suche die einzelnen Bestandteile der E-Mail und schreibe die richtigen Bezeichnungen auf die Linien.

Anrede | Unterschrift/Name | Empfänger | Betreffzeile | Grußformel | Absender | Text

E-Mail

Von: liam@tessa-tinte.de — Absender

An: cem@tessa-tinte.de — Empfänger

Betreff: Einladung zum Geburtstag — Betreffzeile

Lieber Cem, — Anrede

am 2. November habe ich Geburtstag und möchte mit meinen Freunden bei mir zu Hause feiern. Ich freue mich, wenn du auch kommen kannst! Ich wohne in der Dortmunder Straße 5. Die Feier beginnt um 15.00 Uhr und endet um 19.00 Uhr. — Text

Viele Grüße — Grußformel

Liam — Unterschrift/Name

2 Antworte für Cem auf Liams E-Mail von **Aufgabe 1** auf Seite **7**. Fülle dazu alle notwendigen Felder aus und schreibe ihm, ob du zu seiner Feier kommen wirst.*

Neue E-Mail	Senden
Von:	cem@tessa-tinte.de
An:	liam@tessa-tinte.de
Betreff:	Geburtstagsfeier

Lieber Liam,
vielen Dank für deine Einladung! Ich komme auf jeden Fall!
Viele Grüße
Cem

Wichtige Informationen erkennen und ordnen

Wenn du eine E-Mail an deine Lehrerin schreibst, dann schickst du ihr alle **wichtigen Informationen**. Diese Informationen schreibst du in einer sinnvollen **Reihenfolge**, sodass deine Lehrerin sofort versteht, was du ihr mitteilen möchtest.

3 Lies den Text.

Cem hat sich den Fuß verstaucht. Nun kann er nicht zur Schule gehen. Damit seine Lehrerin Bescheid weiß, ruft er sie an. Er erzählt:

„Hallo Frau Müller, bis zum Ende der Woche bleibe ich zu Hause. Ich war gestern mit meinen besten Freunden auf dem Spielplatz am Wald. Wir haben eine riesige Sandburg gebaut und Fußball gespielt. Ich war der Torwart. Ich habe mir den Fuß verstaucht. Sofia hat einen Pass auf Lene gespielt und Lene hat dann auf mein Tor geschossen. Ich bin hochgesprungen und als ich wieder gelandet bin, ist es passiert. Können Sie mir die Aufgaben schicken? Es tut sehr weh. Mama hat eine Salbe draufgetan. Aber ich kann nicht auftreten. Ich möchte meine Aufgaben machen."

* individuelle Lösung

Frau Müller wünscht Cem gute Besserung. Sie sagt: „Bitte schick mir eine E-Mail und schreibe kurz, warum du nicht zur Schule kommst. Schreibe mir auch, was ich dir schicken soll. Ich habe dann deine E-Mail-Adresse und kann dir antworten. Meine E-Mail-Adresse lautet: sabine.mueller@tessa-tinte.de."

4 Lies den Text von **Aufgabe 3** noch einmal. Markiere darin die wichtigsten Informationen: Was muss Frau Müller wissen?

5 Schreibe in Stichworten die wichtigsten fünf Informationen aus dem Text von **Aufgabe 3** auf:

bis zum Ende der Woche zu Hause
Fuß verstaucht
Aufgaben schicken
kann nicht auftreten
möchte die Aufgaben machen

6 Bringe die Stichpunkte von **Aufgabe 5** in eine sinnvolle Reihenfolge.**

1. Fuß verstaucht
2. kann nicht auftreten
3. bis zum Ende der Woche zu Hause
4. möchte die Aufgaben machen
5. Aufgaben schicken

7 Schreibe die E-Mail für Cem an Frau Müller. Nutze die Informationen von **Aufgabe 3** sowie die geordneten Stichpunkte von **Aufgabe 6**.*

Denke daran, dass du die Anredepronomen in der E-Mail an Frau Müller großschreibst (Sie, Ihnen, Ihre).

* individuelle Lösung
** Beispiellösung

Neue E-Mail	Senden
Von:	cem@tessa-tinte.de
An:	sabine.mueller@tessa-tinte.de
Betreff:	Krankmeldung

Liebe Frau Müller,
ich habe mir den Fuß verstaucht und kann nicht auftreten.
Deswegen kann ich bis zum Ende der Woche nicht zur Schule kommen. Meine Aufgaben möchte ich trotzdem erledigen.
Können Sie mir bitte die Aufgaben schicken?
Vielen Dank
Cem

Wenn deine E-Mail fertig geschrieben ist, musst du sie noch verschicken. Dazu klickst du auf den Button „Senden".

Ich kann jetzt …	✓
… einen Brief in der richtigen Form schreiben.	○
… die Mailadresse in eine E-Mail eintragen.	○
… die Betreffzeile sinnvoll ausfüllen.	○
… eine E-Mail mit einer Anrede beginnen.	○
… eine E-Mail mit einem Gruß und meinem Namen beenden.	○
… entscheiden, welche Informationen für die Person, der ich schreiben will, wichtig sind, und sie sinnvoll ordnen.	○

1 Ordne den drei Teilen einer Geschichte die richtige Beschreibung zu. Male dafür die Bezeichnung und die passende Beschreibung in der gleichen Farbe an.

Tipp: zum Lösen der Aufgabe: Merkkasten 1 „Aufbau einer Geschichte"

Einleitung — Schluss — Hauptteil

- Beschreibt das Geschehen ganz genau, die Spannung wird aufgebaut (vielleicht, indem etwas Unerwartetes passiert) und steigert sich bis zu einem Höhepunkt
- Löst die Geschichte auf; hier wird erklärt, was am Ende passiert
- Erklärt, wann und wo die Geschichte passiert und wer sie erlebt

2 Lies die beiden Geschichtenanfänge.

Tipp: zum Lösen der Aufgabe: Merkkasten 2 „Adjektive machen eine Geschichte spannender"

a Welchen Anfang findest du spannender? Kreuze an.

○ Damian geht zur Schule. Es ist noch dunkel. Plötzlich hört Damian Geräusche. Er nimmt Stimmen und ein Klackern wahr. Dann bemerkt er Schritte. Er schaut sich um. Da sieht er zwei Gestalten auf sich zukommen …

☒ Damian geht allein zur Schule. Es ist noch dunkel. Plötzlich hört Damian merkwürdige Geräusche. Er nimmt flüsternde Stimmen und ein metallisches Klackern wahr. Dann bemerkt er schlurfende Schritte. Er schaut sich ängstlich um. Da sieht er zwei kleine, gebeugte Gestalten auf sich zukommen …

b Markiere die Adjektive in den Geschichtenanfängen.

3 Welche Überschrift passt zu den Geschichtenanfängen in **Aufgabe 2**? Kreuze an.

Tipp: zum Lösen der Aufgabe: Merkkasten 1 „Aufbau einer Geschichte"

○ Ein schöner Morgen ○ Damians Ranzen
☒ Schreck auf dem Schulweg

Geschichten schreiben
Hinweis

1 Aufbau einer Geschichte

Die **Überschrift** steht über dem Text, sie macht neugierig auf die Geschichte und gibt oft einen Hinweis auf den Inhalt der Geschichte.

Die **Einleitung** verrät uns, um wen es in einer Geschichte geht, wo und wann etwas passiert. Sie erklärt also die Situation, in der eine Geschichte beginnt, und macht neugierig darauf, wie es weitergeht.

Der **Hauptteil** ist die eigentliche Geschichte. Hier kannst du lesen, was genau passiert. Im Hauptteil wird Spannung erzeugt, dazu wird manchmal etwas Unerwartetes beschrieben. Der Hauptteil ist der längste Teil des Textes.

Der **Schluss** verrät, wie die Geschichte ausgeht.

1 Die Teile der Geschichte sind durcheinandergeraten. Nummeriere sie und schreibe die richtigen Bezeichnungen der Teile auf die Linien.

3 Schluss
„Komm", sagt er, „wir gehen lieber zu mir. In meinem Zimmer sehen wir uns beim Spielen. Das ist besser!"

2 Hauptteil
Als Ben losgehen will, sagt seine Mutter besorgt: „Ben, es ist sehr neblig! Wenn es noch nebliger wird, kommt bitte hierher zum Spielen." Auf dem Weg merkt Ben, dass er tatsächlich immer weniger sieht, aber er findet das spannend. Als er auf dem Spielplatz ankommt, ist Leyla nicht zu sehen. Er sucht sie beim Fußballtor. Er sucht sie bei der Rutsche. Er sucht sie bei der Wippe. Der Nebel ist so dicht, dass er überall hinlaufen muss. Jetzt wird es ihm ganz komisch. Er weiß nicht, was er machen soll. Leyla ist immer pünktlich! Er ruft laut: „Leyla!" „Im Spielhaus", ruft es fröhlich zurück. Da ist Ben sehr erleichtert!

1 Einleitung
Ben und Leyla haben sich auf dem Spielplatz verabredet. Sie wollen sich um 3 Uhr nachmittags treffen.

2 Welche Überschrift passt zur Geschichte in **Aufgabe 1** und macht zugleich neugierig? Kreuze an.

○ Ein Nebeltag ○ Ben und Leyla ☒ Treffen im Nebel

12

Geschichten schreiben
Hinweis

2 Adjektive machen eine Geschichte spannender

Passende Adjektive machen Texte lebendiger und spannender.
Mit Adjektiven kannst du Personen und Situationen genau beschreiben.
Die Leserinnen und Leser der Geschichte können sich dann die Situation besser vorstellen.

3 Schreibe passende Adjektive aus dem Wörterkasten auf die Linien.

gruselig • erleichtert • erschrocken • beunruhigend • gefährlich • böse • neugierig • fürchterlich • unsicher • entsetzlich • ängstlich • aufregend

So kann eine Situation sein.	So kann sich eine Person fühlen.
gruselig	erleichtert
beunruhigend	erschrocken
fürchterlich	neugierig
entsetzlich	böse
gefährlich	ängstlich
aufregend	unsicher

4 Erzähle die folgende Geschichte spannender, indem du passende Adjektive aus dem Wörterkasten in die Lücken einsetzt.**

alten • neugierig • weit • verlassen • vorsichtig • düsteren • verrottete

Das Spukhaus

Auf dem Weg vom Fußball nach Hause kommt Alina an einem alten Haus vorbei. Es sieht verlassen aus, als würde hier niemand wohnen. Die verrottete Tür steht weit offen. Alina schaut sich neugierig um. Soll sie hineingehen? Vorsichtig geht sie die Stufen zur Tür hinauf und schaut in den düsteren Flur …

**Beispiellösung

13

Geschichten schreiben
Vertiefung

Passende Wörter für eine Gruselgeschichte finden

Wenn du eine spannende Geschichte schreiben möchtest, benutzt du zum Thema passende Nomen, Verben und Adjektive.

Bei den **Nomen** können das zum Beispiel auch Gegenstände, Orte oder Gestalten sein, die in der Geschichte vorkommen.

Beispiele: Glaskugel, Burg, Zauberer

Mithilfe von **Adjektiven** kannst du sie noch genauer beschreiben.

Beispiele: die blau schimmernde Glaskugel, die verlassene Burg, der grimmige Zauberer

Es ist auch wichtig, passende und unterschiedliche **Verben** zu benutzen. Wenn du zum Beispiel „flüstern" statt „sagen" schreibst, wirkt eine Situation ganz anders und man kann sie sich viel besser vorstellen.

1 Streiche die Wörter durch, die nicht in eine Gruselgeschichte passen.

finster Herzklopfen düster ~~Sonnenschein~~ neblig ~~Teddybär~~ ~~Planschbecken~~ Husten heiser bleich ~~hell~~ fürchterlich ~~basteln~~ scheußlich Verlies jammern Geheul Mondschein poltern ~~Eisdiele~~ Gespenst Gerippe ~~wolkenlos~~ ~~Seife~~ schleichen Zauberer

2 Finde mithilfe des Bildes weitere gruselige Wörter und schreibe sie in die Kästchen.**

Spinne
Vampirgebiss
Skelett
Kürbiskopf

14 **Beispiellösung

Geschichten schreiben
Vertiefung

3 Welche anderen Verben kannst du für „gehen", „hören", „sehen" und „sagen" benutzen? Bilde Wortfelder, indem du die Wörter aus dem Wörterkasten zuordnest.

~~schleichen~~ • trampeln • lauschen • warnen • anstarren • wispern • stammeln • drohen • tuscheln • kriechen • beobachten • keifen • erspähen • hinken • entdecken • horchen • huschen • vernehmen

gehen: schleichen, trampeln, kriechen, hinken, huschen
hören: lauschen, horchen, vernehmen
sehen: anstarren, beobachten, erspähen, entdecken
sagen: warnen, wispern, stammeln, drohen, tuscheln, keifen

4 Ordne die Adjektive den Gestalten zu.

Einige Adjektive kannst du mehrmals benutzen.

zottelig • klapprig • knurrig • bleich • zittrig • gruselig • grässlich • durstig • hungrig

bleich, durstig, gruselig, grässlich

zottelig, hungrig, knurrig, gruselig, grässlich

bleich, klapprig, zittrig, gruselig, grässlich

15

5 In manchen Gruselgeschichten tauchen gruselige Gegenstände auf. Manche Orte sind gruseliger als andere, und auch das Wetter spielt eine Rolle. Schreibe die folgenden Wörter in die richtige Spalte.

Höhle • Mondschein • Ketten • Spinnennetz • Dachboden • Dämmerung • Schlucht • Ritterrüstung • Donner

gruselige Gegenstände	gruselige Orte	gruseliges Wetter, gruselige Zeit
Ketten	Höhle	Mondschein
Spinnennetz	Dachboden	Dämmerung
Ritterrüstung	Schlucht	Donner
Knochen*	Keller*	Gewitter*
Dolch*	Burg*	Nebel*

6 Ergänze eigene Wörter in der Tabelle von **Aufgabe 5**. *

Unterschiedliche Satzanfänge gebrauchen

Wenn du eine spannende Geschichte schreiben möchtest, benutzt du **unterschiedliche Satzanfänge**. Vermeide Satzanfänge wie „dann" oder „und dann".

7 Kreise die Satzanfänge ein, die du für eine Gruselgeschichte passend findest.

„Achtung!", schrie … (eingekreist)
Hinter dem staubigen … (eingekreist)
Ein eisiger Schauer … (eingekreist)
An einem nebligen Abend … (eingekreist)
Anschließend …
Und …
Weil …
Hinter ihm … (eingekreist)
Plötzlich … (eingekreist)
Wenn …
Vorsichtig … (eingekreist)
Im Nachbarraum …

16 * individuelle Lösung

Wörtliche Rede nutzen

Wenn du eine spannende Geschichte schreiben möchtest, benutzt du **wörtliche Rede**.

(!) Denke an die Satzzeichen für die wörtliche Rede (▸ Seite 74).

Wörtliche Rede macht einen Text lebendiger und spannender.

8 In der Geschichte sind einige Sätze in drei unterschiedlichen Versionen angegeben. Kreuze an, welche Version am lebendigsten und spannendsten ist.

Halloween

Mia und Ben wollen an Halloween Süßes und Saures sammeln.

- [x] „Ich bringe dir eine Laterne mit! Die sieht aus wie ein Kürbiskopf", ruft Mia begeistert.
- [ ] Mia will Ben eine Laterne mitbringen, die wie ein Kürbiskopf aussieht.
- [ ] Mia sagt: „Ben, ich bringe dir eine Laterne mit, die wie ein Kürbiskopf aussieht."

„Super", antwortet Ben, „die nehme ich!"
Sie wollen zuerst bei Oma Meier klingeln und sie erschrecken.

- [ ] Ben sagt, dass er gruselig nach Süßem oder Saurem fragen will.
- [x] Ben grinst und sagt mit gruseliger Stimme: „Süßes oder Saures?"
- [ ] Ben will nach Süßem oder Saurem fragen.

Beide glauben, dass das toll wird. Sie verabreden sich für 17 Uhr.

- [ ] Mia meint, da wird es schon dunkel. Und dann wird es richtig gruselig.
- [ ] Mia sagt: „Da wird es schon dunkel. Und dann wird es richtig gruselig."
- [x] Mia freut sich: „Da wird es schon dunkel. Und im Dunkeln sind wir noch viel gruseliger."

17

Eine Geschichte nach einem Plan schreiben

Folgende Schritte helfen dir dabei, eine Geschichte zu **planen**.

Schritt 1: Überlege dir für die Einleitung, wo und wann die Geschichte spielt und was zu Beginn passiert.

Schritt 2: Sammle dann Ideen, wie die Geschichte weitergehen kann.

Schritt 3: Bringe deine Notizen in die richtige Reihenfolge: Mit welcher Idee willst du beginnen? Wie entwickelst du die Geschichte? Wie soll die Geschichte enden?

Schritt 4: Schreibe mithilfe deiner Notizzettel die Geschichte. Nutze beim Schreiben passende Adjektive, abwechslungsreiche Verben, wörtliche Rede und unterschiedliche Satzanfänge.

9 Die Notizzettel mit den Ideen für die Geschichte „Schreck im Nebel" sind durcheinandergeraten. Nummeriere sie in einer passenden Reihenfolge. **

4 Jonas hört Stimmen hinter sich

6 Stimmen werden lauter, Jonas kann aber niemanden sehen

10 Jonas erkennt Imani und Alma in Vampirverkleidung

2 nebliger Novemberabend; Mutter will, dass Jonas Brot vom Bäcker holt; Jonas traut sich eigentlich nicht, aber die Mutter bittet ihn

7 Jonas quetscht sich an Hauswand

5 Jonas bleibt wie angewurzelt stehen, sein Herz rast, er wünscht sich, er wäre nie losgegangen

3 Jonas geht los, es ist düster, kalt und nebelig

1 **Schreck im Nebel**

8 zwei Vampire stehen vor ihm, Jonas Zähne klappern vor Angst

9 Vampir zischt „Süßes oder Saures"

11 heute ist Halloween

18 ** Beispiellösung

10 Nutze die geordneten Notizzettel von **Aufgabe 9** als Schreibplan und schreibe die Geschichte. Denke daran, passende Adjektive, abwechslungsreiche Verben, wörtliche Rede und unterschiedliche Satzanfänge zu benutzen. *

Ich kann jetzt …	✓
… eine Geschichte in Einleitung, Hauptteil und Schluss gliedern.	○
… passende Nomen und Adjektive nutzen.	○
… mithilfe von Wortfeldern passende und abwechslungsreiche Verben nutzen.	○
… passende Situationen (Ort oder Zeit) in einer Geschichte nutzen.	○
… unterschiedliche Satzanfänge nutzen.	○
… wörtliche Rede nutzen.	○
… eine Geschichte nach einem Plan schreiben.	○

* individuelle Lösung 19

Einen Bericht schreiben
Test

1 Lies den Text.

Kommissar Fuchs wird zu einem Tatort gerufen. In der Grundschule in Offenburg wurde eingebrochen. Der Kommissar betrachtet den Tatort und befragt die Klassenlehrerin. Schnell bestätigt sich sein recht ungewöhnlicher Verdacht und er schreibt in seinen Bericht:

+++ POL-OG: Polizeibericht +++

06.08.2024 | Einbruch in Grundschule
In der Nacht von Montag, den 05.08.2024, auf Dienstag stieg ein Waschbär in die Grundschule Offenburg durch ein geöffnetes Fenster ein. Von Tellern, die noch vom Elternabend auf den Tischen der Kinder standen, fraß er alle Salzbrezeln und Erdnüsse. Auf der Fensterbank des geöffneten Fensters konnten Pfotenabdrücke gesichert werden.

2 Beantworte die W-Fragen mithilfe des Berichts von **Aufgabe 1**. Notiere Stichpunkte.

Tipp: zum Lösen der Aufgabe: Merkkasten 1 „W-Fragen zu einem Bericht beantworten"

(Wann) ereignete sich der Einbruch?
in der Nacht von Montag, den 05.08.2024, auf Dienstag

(Wo) ereignete sich der Einbruch?
in der Grundschule Offenburg

(Wie) kam der Täter in das Klassenzimmer?
durch ein geöffnetes Fenster

(Was) machte der Täter im Klassenzimmer?
fraß Salzbrezeln und Erdnüsse von den Tellern

(Wer) war der Täter? ein Waschbär

3 In Aufgabe 2 stehen fünf W-Fragen. Kreise die W-Fragewörter ein.

Tipp: zum Lösen der Aufgabe: Merkkasten 2 „W-Fragewörter"

20

Einen Bericht schreiben
Hinweis

1 W-Fragen zu einem Bericht beantworten

In einem Bericht stehen alle wichtigen Fakten zu einem Ereignis. Du findest darin Antworten auf die wichtigsten W-Fragen: Wer? Wo? Wann? Was? Wie?

Wenn du **W-Fragen** zu einem Bericht beantworten sollst, gehe so vor:

Schritt 1: Lies einmal den ganzen Bericht.
Schritt 2: Beginne dann mit der ersten Frage.
Schritt 3: Überfliege den Bericht und suche die Stelle, wo du eine Antwort auf die W-Frage findest.

1 Lies den folgenden Bericht über einen Fahrraddiebstahl.

Am Samstag, dem 27.07.2024, wurde ein Fahrrad gestohlen.
Der Diebstahl ereignete sich am Supermarkt in der Schulstraße.
Der Dieb knackte das Schloss, mit dem das Fahrrad gesichert war.
Zeugen sagten aus, dass sie gesehen haben, wie ein Mann, der ein blaues T-Shirt und Jeans trug, zum Tatzeitpunkt eilig mit einem Fahrrad davonfuhr.

2 Kreise die W-Fragewörter ein und beantworte die Fragen mithilfe des Berichts von **Aufgabe 1**. Notiere Stichpunkte.

(Wann) hat sich der Diebstahl ereignet?
am Samstag, dem 27.07.2024

(Was) wurde gestohlen?
ein Fahrrad

(Wo) hat sich der Diebstahl ereignet?
am Supermarkt in der Schulstraße

(Wie) konnte dem Dieb der Diebstahl gelingen?
der Dieb knackte das Schloss

(Wer) könnte der Dieb sein?
ein Mann, der ein blaues T-Shirt und Jeans trug

21

Einen Bericht schreiben
Hinweis

2 W-Fragewörter

W-Fragewörter stehen meist am Anfang einer Frage. Die häufigsten W-Wörter sind: wer, was, wann, wo und wie.
Es gibt aber weitere W-Fragewörter, zum Beispiel: warum, wohin, welche oder weshalb.

3 Finde die W-Fragewörter in der Wörterschlange.
Schreibe sie auf und notiere in dem Kästchen, wie viele W-Fragewörter du gefunden hast.

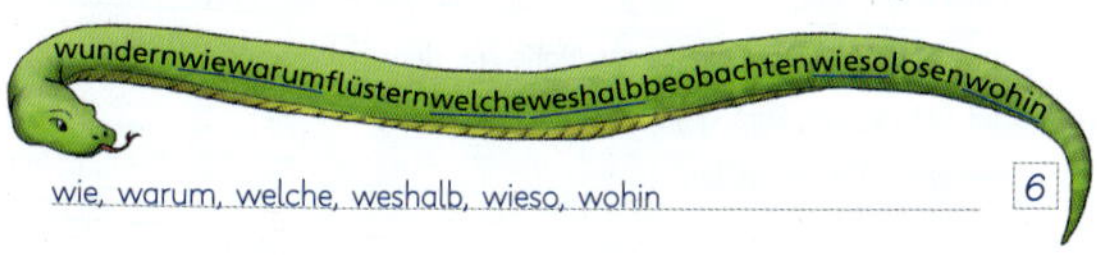

wie, warum, welche, weshalb, wieso, wohin | 6

4 Trage passende W-Fragewörter ein. **

Wer stahl die Geldbörse?
Was wurde gestohlen?
Wo wurde die Geldbörse gestohlen?
Wohin lief die Diebin nach dem Diebstahl?
Wie schaffte es die Diebin, nicht erkannt zu werden?
Wer beobachtete den Diebstahl?
Wo stand der Zeuge?
Wie passierte das alles?
Welche Kleidung trug die Diebin?

22 ** Beispiellösung

Einen Bericht schreiben
Vertiefung

Berichte schreiben

Es gibt unterschiedliche Situationen, in denen es wichtig ist, kurz und genau von einem Ereignis zu berichten, zum Beispiel bei einem Diebstahl oder bei einem Unfall.

Wenn du einen **Bericht** schreibst, solltest du folgende Punkte beachten:
- Berichte in der richtigen Reihenfolge über das Geschehen.
- Beantworte alle wichtigen W-Fragen.
- Schreibe im Präteritum (Vergangenheit).

1 Schau dir die Bilder an und nummeriere sie in der richtigen Reihenfolge. Schreibe anschließend neben jedem Bild (im Präsens) auf, was zu sehen ist. **

3

Der Zug ist weg. Der Koffer und der Mann sind auch weg. Der Polizist schreibt auf, was passiert ist. Die Bahnsteiguhr zeigt 12.30 Uhr.

1

Eine Frau und ein Kind stehen auf einem Bahnsteig. Neben dem Kind steht ein Koffer. Hinter ihnen steht ein Mann. Die Bahnsteiguhr zeigt 12.00 Uhr.

2

Ein Zug kommt am Bahnsteig an. Der Mann greift nach dem Koffer und läuft davon. Die Frau und das Kind schauen ihm überrascht nach. Die Bahnsteiguhr zeigt 12.05 Uhr.

** Beispiellösung 23

Einen Bericht schreiben
Vertiefung

2 Du hast zu den Bildern von **Aufgabe 1** auf Seite 23 aufgeschrieben, was passiert ist. Ein Polizist stellt der Frau und dem Kind nun Fragen, um seinen Polizeibericht zu schreiben und den Dieb zu fangen. Streiche die unnötigen Fragen durch.

~~Um wie viel Uhr sind Sie heute aufgestanden?~~

Wie sah Ihr Koffer aus?

Wer hat den Mann vielleicht noch gesehen?

Wann hat der Mann den Koffer gestohlen?

~~Fahren Sie in den Urlaub?~~

~~Treffen Sie sich mit Freunden?~~

Wie sah der Mann aus, der den Koffer gestohlen hat?

Was haben Sie in Ihrem Koffer?

Wann sind Sie auf dem Bahnsteig angekommen?

Wo stand der Mann, als Sie auf dem Bahnsteig warteten?

~~Fahren Sie oft mit dem Zug weg?~~

24

Einen Bericht schreiben
Vertiefung

3 Ergänze nun den Polizeibericht. Die Bilder von **Aufgabe 1** auf Seite 23 und der Wörterkasten helfen dir dabei.

gelb • Mittwoch, dem 24.07.2024 • ein Mann • dem Koffer • Bahnhofs Stuttgart • ungefähr 1,80 m groß • Zeugen • kurze blonde • grünes Hemd • schlank • 12.00 Uhr • Jeans

+++ POL-S: Polizeibericht +++
25.07.2024 | Koffer verschwunden

Frau Schmidt wartete am Mittwoch, dem 24.07.2024, mit ihrer Tochter Amelie um 12.00 Uhr am Gleis 5 des Bahnhofs Stuttgart auf ihren Zug. Ihren Koffer hatte sie neben das Kind gestellt. Zu diesem Zeitpunkt stand ein Mann hinter ihr. Als um 12.05 Uhr der Zug in den Bahnhof einfuhr, griff der Mann plötzlich nach dem Koffer und rannte davon. Der Täter war ungefähr 1,80 m groß und schlank. Er hatte kurze blonde Haare. Er trug eine Jeans und ein grünes Hemd. Weitere Zeugen, die den Mann gesehen haben könnten, gab es nicht. Frau Schmidt gab an, dass der Koffer gelb war. Im Koffer befanden sich Kinderkleidung für ihre Tochter und ihre Kleidung. Außerdem war eine Tasche mit Sachen zum Waschen und Zähneputzen im Koffer. Auch ein Buch und zwei Comics hatte sie eingepackt.

25

Einen Bericht schreiben
Vertiefung

4 Lokalreporter Fuchs hat sich Notizen zu einem versuchten Autodiebstahl gemacht. Ordne seine Notizen den passenden W-Fragen zu, indem du sie in der gleichen Farbe markierst.

- Wann? – ungefähr 19.00 Uhr; Samstag, 17.08.2024
- Wo? – Parkplatz Supermarkt, Schulstraße
- Wer? – eine junge Frau
- Was ist passiert? – Versuch, Auto mit Schrauben-schlüssel aufzubrechen
- Wie konnte die Täterin gefasst werden? – Zeuge, der Frau beobachtet hatte, rief Polizei; Polizeibeamtin, die mit Fahrrad auf Streife war, konnte fliehende Täterin stellen

5 Schreibe mithilfe deiner Ergebnisse von **Aufgabe 4** einen kurzen Zeitungsbericht über den versuchten Autodiebstahl. Überlege dir auch eine passende Überschrift.*

26 *Individuelle Lösung

Einen Bericht schreiben
Vertiefung

Autodiebstahl verhindert

Am Samstag, dem 17.08.2024, wollte eine junge Frau gegen 19 Uhr auf dem Parkplatz vor dem Supermarkt in der Schulstraße ein Auto stehlen. Mit einem Schraubenschlüssel versuchte sie, den Wagen auf dem Parkplatz aufzubrechen. Ein Zeuge beobachtete sie jedoch und rief sofort die Polizei. Eine Polizeibeamtin, die in der Nähe mit dem Fahrrad auf Streife war, kam gerade rechtzeitig und konnte die fliehende Täterin stellen.

Ich kann jetzt …	✓
… auf W-Fragen genau antworten.	○
… W-Fragewörter nennen.	○
… sinnvolle Fragen von unwichtigen Fragen unterscheiden.	○
… Informationen in einem Bericht ergänzen.	○
… W-Fragen zur Vorbereitung eines Berichts nutzen.	○
… einen Bericht schreiben.	○

27

1 Lies die Texte und schreibe in die Kästchen, wie die Textsorte heißt.

Tipp
zum Lösen der Aufgabe: Merkkasten 1 „Textsorten erkennen: Zeitungsartikel und Einladung“, Merkkasten 2 „Textsorten erkennen: Märchen, Gedicht und Anleitung“

NEWS ++ NEWS ++ NEWS

Herbstfest in der 4a
Die Klasse 4a feierte am 08.10. ein Herbstfest auf dem Pausenhof. Es gab eine Gedichtausstellung, ein Märchenerzähler war zu Besuch und es wurden herbstliche Windlichter gebastelt. Die Kinder und ihre Gäste freuten sich über ein gelungenes Fest.

Zeitungsartikel

Die Klasse 4a feiert ein Herbstfest!
Wir laden euch ein, am 08.10. ab 13.00 Uhr auf dem Pausenhof mit uns zu feiern.
Wir basteln Windlichter, stellen unsere Herbstgedichte aus und ein Märchenerzähler ist auch da. Bitte tragt in die ausgehängte Liste ein, was ihr zum Essen mitbringen möchtet.
Eure 4a

Einladung

Schneeweißchen und Rosenrot
Es war eine arme Witwe, die lebte einsam in einem Hüttchen. Vor dem Hüttchen gab es einen Garten, in dem standen zwei Rosenbäumchen …

Märchen

Herbst
bunte Blätter
fallen vom Baum
ich freue mich sehr
Drachensteigen

Gedicht

Windlichter
Du brauchst: ein Glas, weißes Transparentpapier, Kleister, Bastelleim, 1 Teelicht
So geht's:
1. Reiße das Transparentpapier in ca. 3x3 cm große Stücke
2. Bestreiche das Glas mit Kleister …

Bastelanleitung

1 Textsorten erkennen: Zeitungsartikel und Einladung

Einen **Zeitungsartikel** erkennst du daran, dass er sehr sachlich geschrieben ist und nur wichtige Informationen zu einem Thema enthält. Zeitungsartikel werden meist in schmalen Spalten abgedruckt.

Eine **Einladung** enthält den Anlass des Ereignisses, den Ort, wo es stattfindet, sowie den Tag und die Uhrzeit, wann es stattfindet.
Auf einer Einladung können auch Besonderheiten stehen (z. B.: Was wird bei dem Ereignis gemacht? Sollen die Eingeladenen etwas mitbringen?).
Eine Einladung ist meistens schön gestaltet.

1 Lies die Textschnipsel und überlege, zu welcher Textsorte sie gehören.

Male alle Textschnipsel, die in einen Zeitungsartikel gehören, blau an.
Male alle Textschnipsel, die in eine Einladung passen, rot an. Wenn ein Textschnipsel für beide Textsorten passt, male ihn in beiden Farben an.

Halloween in der 4a | Dienstag, 18.10.2022 | Gruselbüfett

Ab 10.00 Uhr | Kostümfest | Kürbiskopflaterne basteln

Im Gruselraum der 4a | Im Klassenraum der 4a | Kommt bitte gruselig verkleidet.

Bitte tragt ein, wie viele Personen kommen: ________ | Wir wollen ein Halloweenbüfett aufbauen. Bitte tragt hier ein, was ihr mitbringen möchtet: ______

Wir freuen uns auf euch! | Die Kinder der Klasse 4a | Büfett

2 Schaue dir die Form der beiden Texte an: Was ist der Zeitungsartikel, was ist die Einladung? Schreibe deine Entscheidung in die Kästchen.

Zeitungsartikel

Einladung

2 Textsorten erkennen: Märchen, Gedicht und Anleitung

Märchen beginnen oft mit „Es war einmal“. Die Figuren in den Märchen haben fast nie einen normalen Vornamen. Märchen erzählen von einer erfundenen Welt. Die Zeit und der Ort, an denen sie spielen, sind nicht genau genannt. Märchen haben immer ein gutes Ende.

Gedichte erkennst du häufig daran, dass sich die Worte am Zeilenende reimen. Oft haben Gedichte einen besonderen Textaufbau, wie zum Beispiel das Elfchen. Gedichte müssen nicht aus ganzen Sätzen bestehen, sie haben meist eine besondere Sprache.

Anleitungen erkennst du daran, dass sie erklären, wie du etwas benutzt oder herstellst (z. B. ein Spiel oder ein Insektenhotel). Außerdem erfährst du, welche Materialien und Werkzeuge du dazu brauchst.

3 Lies die Textschnipsel. Schreibe in die Kästchen die Zahl der Textsorte, zu der der Schnipsel gehört.

1 = Märchen 2 = Bastelanleitung 3 = Gedicht

[3] Nebel
weiße Wand
wie eine Wolke …

[2] … So geht es:
1. Schraube den Deckel des Glases ab.
2. Klebe deine Figur in den Deckel …

[1] … Und wenn sie nicht gestorben sind, dann leben sie noch heute.

[1] Es war einmal mitten im Winter, und die Schneeflocken fielen wie Federn vom Himmel herab …

[2] Du brauchst:
- 1 leeres, gespültes Schraubglas mit Deckel
- 1 kleine Plastikfigur
- Flittersternchen …

[3] Bumerang[1]
War einmal ein Bumerang;
War ein Weniges zu lang.
Bumerang flog ein Stück,
Aber kam nicht mehr zurück …

[1] Joachim Ringelnatz

Unterschiedliche Textsorten für unterschiedliche Informationen oder Geschichten

Wenn du zum Beispiel deiner Oma aus den Ferien berichten möchtest, schreibst du eine Postkarte, einen Brief, eine E-Mail oder eine Textnachricht. Wenn du viele Kinder in deiner Schule über etwas informieren möchtest, kannst du einen Artikel für die Schulzeitung schreiben.

Auch für ausgedachte Geschichten gibt es unterschiedliche Textsorten. Einige Texte werden mit Bildern gestaltet (z. B. Comic oder Bilderbuch), in anderen Texten, wie der Fabel, können Tiere sprechen und in Fantasiegeschichten passieren andere unwirkliche, fantastische Dinge.

1 Um welche Textsorte geht es? Lies die Beschreibungen und schreibe die Textsorte auf die Linie.

a Eine oft lustige Geschichte, die aus Bildern mit Sprechblasen besteht: Comic

b Sprechende Tiere sind die Figuren, sie hat immer eine „Moral“: Fabel

c Ein Buch, das zusätzlich zum Text passende Bilder hat: Bilderbuch

d Eine Geschichte, die in Wirklichkeit nicht passieren kann: Fantasiegeschichte

e Ein Buch, in dem ein kurzer Erklärtext zu Dingen oder Worten steht: Lexikon

f Es steht in einem Koch- oder Backbuch: Rezept

2 Kann das sein? Kreuze an, was stimmt:

- [x] Aus meinen Ferien schreibe ich eine Postkarte.
- [ ] Aus meinen Ferien schreibe ich ein Lexikon.
- [ ] In einer Fabel erfährst du etwas über die Tiersprache.
- [x] In einer Fabel kann ich nachlesen, worüber wir Menschen nachdenken sollten.
- [x] Ein Rezept ist ähnlich wie eine Bastelanleitung: Es steht darin, was ich brauche und welche Arbeitsschritte ich machen soll.

Verschiedene Textsorten kennen

Vertiefung

○ Ein Rezept ist ähnlich wie eine Fantasiegeschichte.
☒ Ein Comic erzählt eine Geschichte mit Bildern und Sprechblasen.
○ Ein Comic ist ein kurzer Informationstext.

3 Wofür nutzt du welche Textsorte? Male die passenden Teile in der gleichen Farbe an.

Ich schreibe eine Postkarte, …	… weil ich gerne frei erfundene Geschichten lese, die nicht wirklich passiert sind.
Ich lese in einem Lexikon, …	… weil die Tiere Dinge erzählen, über die wir Menschen nachdenken sollten.
Ich lese Fantasiegeschichten, …	… wenn ich einen Gruß aus den Ferien schreiben will.
Ich lese eine Fabel, …	… für meine Mama zum Muttertag.
Ich schreibe ein Gedicht …	… wenn ich eine genaue Beschreibung zu einer Sache haben möchte.

Ich kann jetzt …	✓
… erklären, woran man eine Einladung oder einen Zeitungsartikel erkennt.	○
… erklären, woran man ein Gedicht oder ein Märchen erkennt.	○
… erklären, woran man eine Anleitung oder ein Rezept erkennt.	○
… erklären, woran man eine Fabel oder eine Fantasiegeschichte erkennt.	○
… erklären, woran man einen Lexikonartikel erkennt.	○
… entscheiden, wann ich welche Textsorte nutzen muss.	○

32

Informationen aus unterschiedlichen Quellen entnehmen

Test

1 Betrachte das Plakat genau und beantworte die Fragen zum Lebensraum Teich.

Tipp
zum Lösen der Aufgabe: Merkkasten 1 „Informationen auf Plakaten"

a Welche Tiere leben am und im Teich?
Stockente, Teichfrosch, Bergmolch, Kaulquappe, Libelle, Stechmücke, Stichling, Reiher

b Welche Pflanzen wachsen am und im Teich?
Algen, Sumpfdotterblumen, Schilfrohr

c Findest du Tiere, die Pflanzen fressen? Schreibe auf.
Die Ente frisst Gras.

d Findest du Tiere, die Jagd auf andere Tiere machen? Schreibe auf.
Der Reiher fängt einen Fisch.

33

Informationen aus unterschiedlichen Quellen entnehmen

Hinweis

1 Informationen auf Plakaten

Auf einem **Plakat** sind alle Informationen wichtig. Schau deswegen alle Bilder und Pfeile **genau** an, lies alle Wörter und Sätze und achte darauf, wie die Bilder, Pfeile und Wörter zusammengehören.

1 Betrachte das Plakat. Wovon ernährt sich die Stockente?

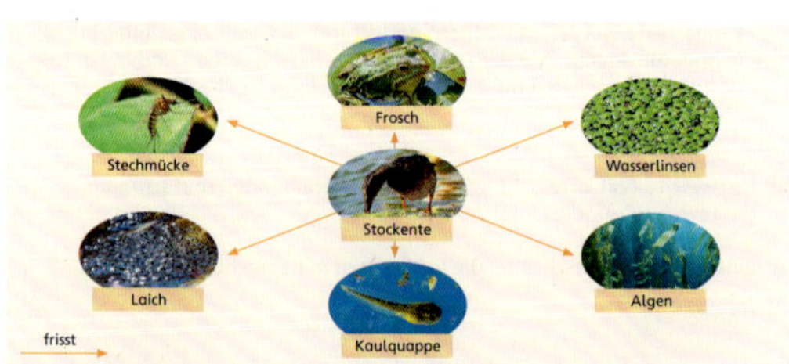

Die Stockente ernährt sich von Stechmücken, Laich, (kleinen) Fröschen, Kaulquappen, Algen und Wasserlinsen.

2 Betrachte das Plakat. Welche Fressfeinde der Stechmücke findest du?

Fressfeinde der Stechmücke sind: Stockenten, Frösche, Kaulquappen, Molche, Stichlinge und Fledermäuse.

34

Informationen aus unterschiedlichen Quellen entnehmen

Vertiefung

Informationen in Steckbriefen

In **Steckbriefen** findest du Informationen, die oft nach bestimmten Bereichen geordnet sind. Bei einem Steckbrief zu einem Tier können das zum Beispiel die Bereiche Aussehen, Lebensraum und Nahrung sein.

Meistens sind die Informationen in Stichworten notiert, selten in ganzen Sätzen. Du erhältst nur die allerwichtigsten Informationen, aber einen guten Überblick.

1 Lies den Steckbrief. Kreuze unten alle richtigen Aussagen an.

Teichmolch

Länge:	9 bis 11 Zentimeter
Aussehen:	länglicher Körper, 4 Beine, im Wasser bilden die Männchen auf dem Rücken einen Kamm
Farbe:	braun mit dunklen Flecken, Bauch gelb bis orangefarben
Lebensraum:	Deutschland, in Teichen oder Seen, an Land unter Steinen, Laub, Wurzeln, Totholz, häufig in Siedlungen und Parks
Nahrung:	Insekten, Würmer, Schnecken
Fortpflanzung:	Weibchen legen nach der Paarung 100 bis 300 Eier an Wasserpflanzen ab

○ Das Weibchen hat einen blauen Bauch.
☒ Das Männchen hat im Wasser einen Kamm.
○ Das Männchen hat immer einen Kamm.
○ Teichmolche leben nur im Wasser.
☒ Teichmolche leben auch an Land.
☒ Teichmolche ernähren sich von Insekten, Würmern und Schnecken.
○ Teichmolche benötigen 100 bis 300 Eier pro Tag.

35

Informationen aus unterschiedlichen Quellen entnehmen
Vertiefung

Informationen aus Tabellen

In **Tabellen** werden Informationen übersichtlich zusammengefasst. Wenn du Informationen aus Tabellen lesen möchtest, liest du zuerst die Überschrift und dann die einzelnen Spalten und Zeilen.

Die **Spalten** sind senkrecht angeordnet, du liest von oben nach unten. Die **Zeilen** sind waagerecht angeordnet, du liest sie von links nach rechts.

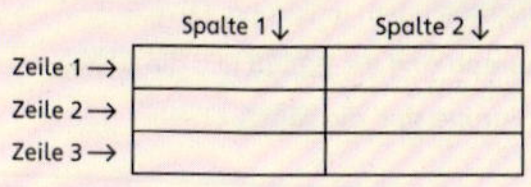

2 Lies die Tabelle. Beantworte dann die Fragen.

Tiere am und im Wasser	So alt können sie werden
Teichfrosch	5 Jahre
Reiher	25 Jahre
Teichmolch	15 Jahre
Stichling	2 bis 3 Jahre
Fledermaus	20 Jahre
Stockente	5 bis 10 Jahre

a Wie alt kann ein Teichfrosch werden? *5 Jahre*

b Wie lange lebt eine Stockente? *5 bis 10 Jahre*

c Wie alt kann eine Fledermaus werden? *20 Jahre*

d Welches Tier wird am ältesten? *der Reiher*

e Welches Tier lebt am kürzesten? *der Stichling*

Informationen aus unterschiedlichen Quellen entnehmen
Vertiefung

Informationen aus Säulendiagrammen

Mithilfe von **Säulendiagrammen** kannst du auf einen Blick sehen, wie sich Mengen verteilen. Du kannst zum Beispiel sehen, welche Fellfarbe bei Tieren am häufigsten oder am seltensten vorkommt. Um ein Säulendiagramm zu lesen und zu verstehen, gehe so vor:

Schritt 1: Finde heraus, um welches Thema es in dem Säulendiagramm geht. Angaben dazu findest du meist in der Überschrift.

Schritt 2: Schaue dir dann an, welche Angaben auf den beiden Achsen des Säulendiagramms gemacht werden.

Schritt 3: Betrachte nun die einzelnen Säulen. Fahre mit dem Finger bis zum Ende einer Säule und lies ihren Wert an der y-Achse ab.

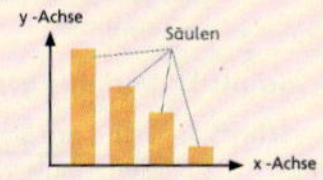

3 Schau dir das Säulendiagramm genau an und beantworte anschließend die Fragen auf der nächsten Seite.

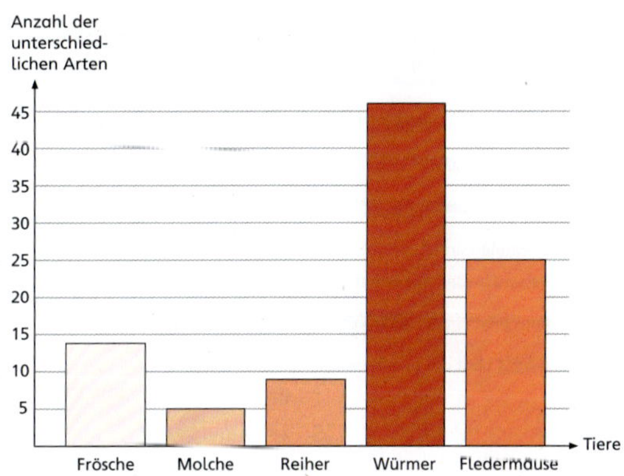

Informationen aus unterschiedlichen Quellen entnehmen
Vertiefung

a Um welches Thema geht es in dem Säulendiagramm?

Es geht um heimische Artenvielfalt.

b Welche Informationen findest du auf den Achsen?

x-Achse: *die Tiere*

y-Achse: *wie viele unterschiedliche Arten es von den Tieren gibt*

c Welche Aussagen gehören zusammen? Male sie in der gleichen Farbe an.

Frösche – Fledermäuse – Würmer – Molche – 9 Arten – am meisten Arten – 14 Arten – am wenigsten Arten – Reiher – am zweitmeisten Arten

Von uns Tintenfischen gibt es übrigens mindestens 800 unterschiedliche Arten.

Ich kann jetzt …	✓
… Informationen aus einem Plakat entnehmen.	◯
… Informationen aus einem Steckbrief entnehmen.	◯
… Informationen aus einer Tabelle entnehmen.	◯
… Informationen aus einem Säulendiagramm entnehmen.	◯
… Fragen zu den entnommenen Informationen beantworten.	◯

Sachtexte lesen und verstehen
Test

1 Lies den Text und markiere Schlüsselwörter.**

Tipp: zum Lösen der Aufgabe: Merkkasten 1 „Schlüsselwörter markieren“

Unser Sonnensystem

Unsere Erde ist einer von 8 Planeten in unserem Sonnensystem. Die Erde hat einen Mond, der sie umkreist. Wir Menschen sehen ihn am besten nachts.

Der Mond braucht für die Umkreisung der Erde etwa 28 Tage. In diesem Zeitraum verändert er sein Aussehen: vom Vollmond über den Halbmond zum Neumond und wieder über den Halbmond zum Vollmond. Auch den Neumond können wir sehen: Er scheint aber am Tag und nicht in der Nacht.

Die Erde umkreist die Sonne. Deswegen haben wir in manchen Teilen der Erde Jahreszeiten. Für eine Umkreisung der Sonne braucht die Erde ein Jahr. Die Erde dreht sich auch um sich selbst. Wenn du gerade dort stehst, wo die Erde zur Sonne zeigt, ist es Tag. Bist du gerade dort, wo die Erde nicht zur Sonne zeigt, ist es Nacht.

2 Beantworte die Fragen zum Text von **Aufgabe 1**. Schreibe in ganzen Sätzen.

Tipp: zum Lösen der Aufgabe: Merkkasten 2 „Fragen zum Text beantworten“

a Wie viele Planeten gibt es in unserem Sonnensystem?

Es gibt 8 Planeten in unserem Sonnensystem.

b Wie lange braucht der Mond für eine Umkreisung der Erde?

Er braucht etwa 28 Tage für eine Umkreisung der Erde.

c Wie lange braucht die Erde für eine Umkreisung der Sonne?

Die Erde braucht ein Jahr für eine Umkreisung der Sonne.

d Sehen wir auch den Neumond?

Ja, wir sehen den Neumond am Tag.

e Warum haben wir manchmal Tag und manchmal Nacht?

Wir haben Tag und Nacht, weil sich die Erde um sich selbst dreht. Auf der Seite, die zur Sonne zeigt, ist es Tag. Auf der Seite, die nicht zur Sonne zeigt, ist es Nacht.

** Beispiellösung

1 Schlüsselwörter markieren

Schlüsselwörter sind die **wichtigsten Wörter** in einem Text. Sie geben dir Auskunft über den Inhalt. Ohne sie könntest du die Aussage des Textes nicht richtig verstehen.

So findest du die Schlüsselwörter:

Schritt 1: Lies den ganzen Text, um einen Überblick zu erhalten, worum es in dem Text geht.

Schritt 2: Lies dann den ersten Satz noch einmal und unterstreiche die Wörter, die deiner Meinung nach wichtig für das Verständnis sind.

Schritt 3: Verfahre genauso mit den folgenden Sätzen des Textes.

Schritt 4: Prüfe am Schluss, ob du mithilfe der markierten Schlüsselwörter den Inhalt wiedergeben kannst.

ⓘ Deine Markierungen sollen auf den ersten Blick zeigen, worum es geht. Unterstreiche deshalb nicht zu viel!

1 In diesem Text sind die Schlüsselwörter markiert. Einige Schlüsselwörter fehlen jedoch im Text. Ergänze sie mithilfe der Wörter im Wörterkasten.

Länder • Landflächen • Kontinente • Australien • Forscher • Antarktis • Europa

Die Erde besteht aus Wasserflächen und Landflächen.

Die Landflächen sind in verschiedene Kontinente unterteilt.

Die Kontinente unterteilen sich in Länder.

Die Ausnahmen sind Australien und die Antarktis, denn sie sind beides: Kontinent und Land.

Allerdings leben in der Antarktis nur Forscher.

Deutschland liegt auf dem Kontinent Europa.

2 Lies die Sätze und markiere die Schlüsselwörter.

Die Anzahl der gesuchten Schlüsselwörter steht in Klammern hinter dem Satz.

In Europa gibt es 47 Länder. (3)

Europa ist dicht besiedelt. (2)

Etwa 739 Millionen Menschen leben in Europa. (3)

Die längsten Flüsse in Europa sind die Wolga und die Donau. (4)

Das höchste Gebirge in Europa sind die Alpen. (3)

3 Lies den Text und markiere Schlüsselwörter.**

Unsere Erde

Wenn Astronauten im All sind, sehen sie die Erde als blaue Kugel. Deswegen nennen wir sie auch den „Blauen Planeten".

Vom Weltall aus hat die Erde eine blaue Farbe, weil sie zu einem großen Teil aus Wasser besteht. Dieses Wasser ist in unseren Meeren, aber auch in den großen Seen der Erde gesammelt.

Unsere Erde besteht nicht nur aus Wasser. Große Teile der Erde sind von Wäldern bedeckt.

Außer den Wäldern gibt es große Wüsten. Man unterscheidet zwischen Sandwüsten, Salzwüsten und Eiswüsten. Die Arktis und die Antarktis sind die beiden großen Eiswüsten.

Auch Gebirge gibt es auf der Erde. Der Himalaja ist das höchste Gebirge. Das längste Gebirge sind die Anden in Südamerika.

2 Fragen zum Text beantworten

Wenn du **Fragen** zu einem Text beantworten sollst, gehe so vor:

Schritt 1: Lies einmal den ganzen Text.

Schritt 2: Lies dann alle Fragen.

Schritt 3: Beginne nun mit der ersten Frage und lies sie noch einmal.

Schritt 4: Überfliege dann den Text und suche die Stelle, wo du eine Antwort auf die Frage findest.

Schritt 5: Beantworte so alle Fragen nacheinander.

** Beispiellösung

4 Lies den Text. Beantworte anschließend die Fragen in ganzen Sätzen und notiere die Zeile, in der du die Antwort gefunden hast.

Die Sonne

Eigentlich ist unsere Sonne ein ganz normaler Stern. Im Weltall gibt es noch viel größere Sterne als die Sonne. In unserem Sonnensystem ist die Sonne allerdings der größte Stern und alle Planeten umkreisen sie.
Die Sonne besteht aus den Gasen Wasserstoff und Helium. Sie ist also eine riesige Gaskugel. Unsere Erde passt 1,3 Millionen Mal in die Sonne – das ist unvorstellbar!
Auch die Hitze der Sonne können wir uns kaum vorstellen. Da es dort so viel heißer als auf der Erde ist, gibt es auf der Sonne selbst kein Leben. Aber sie sorgt für Licht und Wärme und ermöglicht damit Leben auf der Erde.
Du solltest nie direkt in die Sonne schauen! Denn die Sonnenstrahlen sind so hell und stark, dass sie deine Augen verletzen können. Auch bei einer Sonnenfinsternis brauchst du eine spezielle Schutzbrille, um sie beobachten zu können.

a Ist die Sonne ein Planet oder ein Stern?
Die Sonne ist ein Stern. Zeile: 1

b Woraus besteht die Sonne?
Die Sonne besteht aus Gasen. Zeile: 4

c Wie oft passt unsere Erde in die Sonne?
Unsere Erde passt 1,3 Millionen Mal in die Sonne. Zeile: 5

d Ist die Sonne wärmer oder kälter als die Erde?
Die Sonne ist heißer als die Erde. Zeile: 7–8

e Was ermöglicht die Wärme der Sonne auf der Erde?
Die Sonne ermöglicht Leben auf der Erde. Zeile: 9

f Warum solltest du nie direkt in die Sonne schauen?
Die Sonnenstrahlen können meine Augen verletzen. Zeile: 10–11

g Was brauchst du, wenn du eine Sonnenfinsternis beobachten möchtest?
Ich brauche eine Schutzbrille. Zeile: 12

Texte richtig lesen und bearbeiten

Gehe beim Lesen und Bearbeiten von Texten immer so vor:

Schritt 1: Lies zuerst einmal den ganzen Text.

Schritt 2: Lies den Text ein weiteres Mal und markiere dabei die Schlüsselwörter. Die Schlüsselwörter helfen dir, die Aufgaben zu lösen.

Schritt 3: Lies die Aufgaben.

Schritt 4: Suche im Text nach den passenden Informationen.

1 Lies den Text und markiere Schlüsselwörter.**

Deutschland: Ein Land mitten in Europa

Ziemlich genau in der Mitte Europas befindet sich Deutschland. Deutschland hat neun Nachbarländer. Im Osten grenzt Deutschland an Polen und Tschechien, im Westen an Belgien, Luxemburg, die Niederlande und Frankreich. Unser nördlicher Nachbar ist Dänemark und im Süden findest du Österreich und die Schweiz.

Mit unseren Nachbarn im Süden und Südwesten teilen wir die Alpen. Mit unserem Nachbarn im Norden haben wir zwei Meere gemeinsam: die Ostsee und die Nordsee.

2 Beantworte die Fragen zum Text von **Aufgabe 1** in ganzen Sätzen. Notiere die Zeilen, in denen du die Informationen gefunden hast.

a Wie viele Nachbarländer hat Deutschland?
Deutschland hat neun Nachbarländer. Zeile: 1–2

b Wie heißen die Nachbarländer im Osten?
Die Nachbarländer im Osten heißen Polen und Tschechien. Zeile: 2–3

c Wie heißen die Nachbarländer im Süden?
Die Nachbarländer im Süden heißen Österreich und Schweiz. Zeile: 4–5

d Was haben wir mit Dänemark gemeinsam?
Mit Dänemark haben wir die Nordsee und die Ostsee gemeinsam. Zeile: 7–8

** Beispiellösung

Sachtexte lesen und verstehen — Vertiefung

3 Beschrifte die Karte mithilfe der Informationen aus dem Text „Deutschland: Ein Land mitten in Europa" in **Aufgabe 1** auf Seite 43.

a Trage die Namen unserer Nachbarländer an der richtigen Stelle in die Karte ein.

b Trage die Meere und Gebirge in die Karte ein.

Wenn du weitere Hilfe beim Ausfüllen der Karte benötigst, dann sieh in einem Atlas oder im Internet nach.

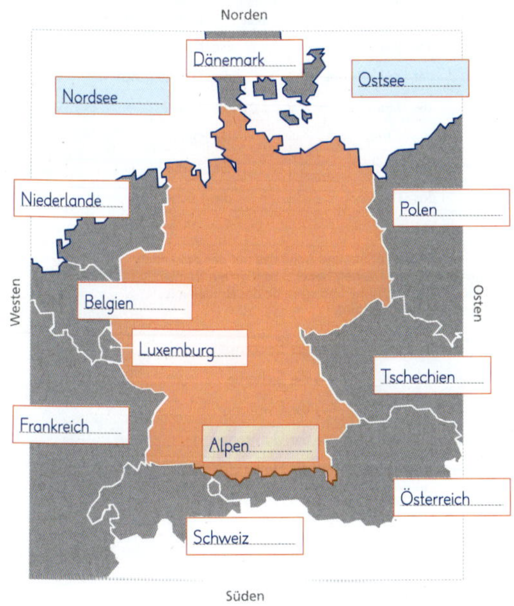

Sachtexte lesen und verstehen — Vertiefung

4 Lies den Text und markiere Schlüsselwörter. **

Planeten in unserem Sonnensystem: Der Mars

Der Mars ist, von der Sonne aus gezählt, der vierte Planet in unserem Sonnensystem. Er ist der Nachbarplanet der Erde. Wir nennen ihn auch den „Roten Planeten", weil er am Nachthimmel hell und rötlich erscheint. Der Mars ist ungefähr halb so groß wie die Erde. Sein Durchmesser beträgt etwa 6.800 km.

Er hat zwei Monde, die ihn umkreisen. Außerdem hat er wie die Erde zwei Pole und es gibt vier Jahreszeiten, wie bei uns in Deutschland. Im Durchschnitt ist es auf dem Mars –50 °C kalt. Es ist also kälter als auf der Erde.

Auf dem Mars gibt es, wie bei uns auch, Vulkane. Vulkanausbrüche und Einschläge von Meteoriten haben die Marsoberfläche gebildet: Man findet dort Krater und Berge. Auf der Südseite ist auf diese Weise ein Hochland entstanden, auf der Nordseite eine Tiefebene. Der Mars ist ein Wüstenplanet. Es gibt kein Wasser.

5 Welche Aussagen zum Text in **Aufgabe 4** stimmen? Kreuze an.

- ◯ Der Mars ist der „Blaue Planet".
- ☒ Der Mars ist der „Rote Planet".
- ◯ Der Mars ist größer als die Erde.
- ☒ Der Mars ist kleiner als die Erde.
- ☒ Es gibt vier Jahreszeiten auf dem Mars.
- ◯ Es gibt keine Jahreszeiten auf dem Mars.
- ◯ Der Mars hat einen Mond.
- ☒ Der Mars hat zwei Monde.
- ☒ Auf dem Mars ist es kälter als auf der Erde.
- ◯ Auf dem Mars ist es wärmer als auf der Erde.
- ◯ Es gibt Wasser auf dem Mars.
- ☒ Es gibt kein Wasser auf dem Mars.

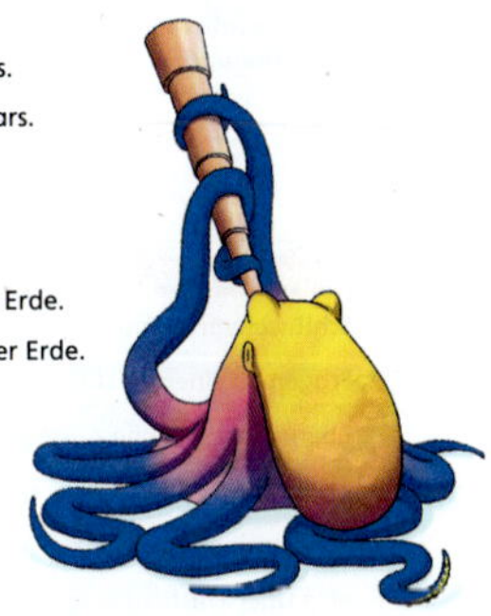

** Beispiellösung

Sachtexte lesen und verstehen — Vertiefung

6 Fülle den Steckbrief aus und male. Die benötigten Informationen findest du im Text „Planeten in unserem Sonnensystem: Der Mars" in **Aufgabe 4** auf Seite 45.

Der Mars

Monde
Wie viele Monde hat der Mars?
Der Mars hat zwei Monde.

Farbe
Welche Farbe hat der Mars?
Er hat eine rötliche Farbe.

Oberfläche
Wie sieht es auf dem Mars aus?
Es gibt Krater und Berge, die im Süden ein Hochland bilden, und eine Tiefebene.

Temperatur
Welche Temperatur herrscht auf dem Mars?
-50 °C

Zeichne grob die Oberfläche des Planeten ein.

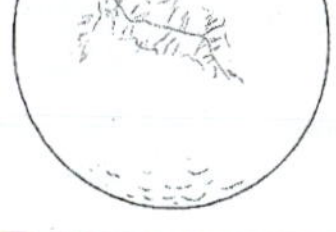

Jahreszeiten
Wie viele Jahreszeiten gibt es auf dem Mars?
Auf dem Mars gibt es vier Jahreszeiten.

Durchmesser
Welchen Durchmesser hat der Mars?
etwa 6.800 km

Welcher Planet ist der Mars? Male ihn an.

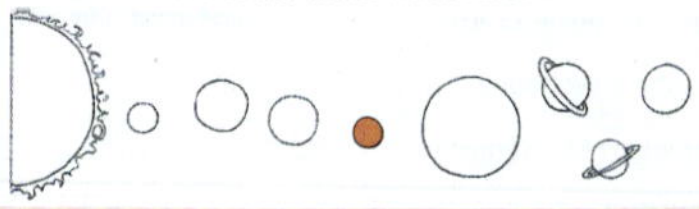

Sachtexte lesen und verstehen — Vertiefung

Überschriften zu Sachtexten finden

Überschriften geben uns einen Hinweis darauf, wovon ein Text handelt. Eine Überschrift beschreibt den **Inhalt des gesamten Textes** in wenigen Worten.

Eine **Zwischenüberschrift** beschreibt den Inhalt eines **Textabschnitts**.

7 Lies den Text und wähle eine passende Überschrift aus dem Kasten unten aus.

Sternschnuppen

Wenn es dunkel ist, kannst du mit viel Glück Sternschnuppen am Himmel beobachten. Sternschnuppen sind Meteoriten. Das sind kleine Gesteinsbrocken, die im Weltall kreisen.
Wenn sie der Erde zu nah kommen und in die Atmosphäre eintreten, beginnen sie zu glühen. Dabei lösen sie sich meistens auf. Nur selten fallen ganz kleine Reste auf die Erde. Diese Reste bestehen aus Stein oder den Metallen Eisen und Nickel. Am häufigsten kannst du Sternschnuppen im August beobachten.

Erde • Sternschnuppen • Metalle

8 Lies den Text. Überlege dir dann passende Zwischenüberschriften und schreibe sie auf die Linien über den Abschnitten. *

Die acht Planeten in unserem Sonnensystem

In unserem Sonnensystem gibt es acht Planeten. Sie haben unterschiedliche Merkmale und sind unterschiedlich weit von der Sonne entfernt. Um dir die Reihenfolge der Planeten zu merken, hilft der Merksatz:

Mein **V**ater **e**rklärt **m**ir **j**eden **S**onntag **u**nseren **N**achthimmel.

Jeder Anfangsbuchstabe steht für den Namen eines Planeten.

Merkur – der kleinste Planet

Merkur ist der Sonne am nächsten. Er ist der kleinste Planet. Sein Durchmesser beträgt nur knapp 4.880 km.

Der heiße Planet Venus

Die Venus ist zwar weiter von der Sonne entfernt, aber trotzdem mit einer Durchschnittstemperatur von etwa 460 °C der wärmste Planet in unserem Sonnensystem. Bei dieser Temperatur würde sogar Blei schmelzen.

* individuelle Lösung

Sachtexte lesen und verstehen

Vertiefung

Die Erde – der einzige bewohnte Planet

Die Erde, der „Blaue Planet", ist der einzige Planet in unserem Sonnensystem, auf dem es Leben gibt, wie wir es kennen, also Pflanzen, Tiere und Menschen.

Der rote Planet Mars

Der Mars ist der nächste Planet. Er wird wegen seiner rötlichen Färbung auch der „Rote Planet" genannt. Ursache für diese Färbung ist der Eisenoxid-Staub (Rost), der sich auf seiner Oberfläche befindet.

Jupiter – der größte Planet

Dann folgt Jupiter. Er ist der größte der Planeten und ungefähr 11-mal so groß wie die Erde. Wie die Sonne besteht er aus Gasen. Jupiter hat 79 Monde.

Die Ringplaneten Saturn und Uranus

Dahinter finden wir Saturn und Uranus. Beide Planeten besitzen Ringe. Diese Ringe bestehen aus sehr vielen Staubteilchen und Gesteinsbrocken. Man kann die Ringe des Saturn sogar durch ein Teleskop von der Erde aus sehen.

Der kaum erkennbare Neptun

Neptun ist am weitesten von der Sonne entfernt. Er ist zwar fast 4-mal so groß wie die Erde, aber man kann ihn nur mithilfe eines Teleskops beobachten. Mit bloßem Auge ist er von der Erde aus nicht zu erkennen.

Ich kann jetzt ...	✓
... Schlüsselwörter markieren.	○
... Fragen zu einem Text beantworten.	○
... überprüfen, ob eine Aussage zu einem Text richtig oder falsch ist.	○
... Informationen aus einem Text in ein Bild übertragen.	○
... Informationen aus einem Text in einen Steckbrief übertragen.	○
... eine Überschrift zu einem Text finden.	○

48

Nomen

Test

1 Kreise die bestimmten Artikel rot und die unbestimmten Artikel blau ein.

(ein) (das) (die) (eine) (der)

Tipp zum Lösen der Aufgabe: Merkkasten 1 „Bestimmter und unbestimmter Artikel"

2 Fülle die Tabelle aus und ergänze die passenden bestimmten Artikel.

Tipp zum Lösen der Aufgabe: Merkkasten 2 „Die Mehrzahl von Nomen bilden"

Bestimmter Artikel	Nomen in der Einzahl	Bestimmter Artikel	Nomen in der Mehrzahl
das	Kind	die	Kinder
der	Kühlschrank	die	Kühlschränke
die	Maus	die	Mäuse
die	Oma	die	Omas
der	Tisch	die	Tische
das	Loch	die	Löcher

3 Verwandle die Verben und Adjektive mit der passenden Nachsilbe „-ung", „-heit" oder „-keit" in ein Nomen: Ergänze die Nachsilbe und schreibe das Nomen mit bestimmtem Artikel auf.

Tipp zum Lösen der Aufgabe: Merkkasten 3 „Nomen mit den Nachsilben -ung, -heit und -keit bilden"

einsam + keit → die Einsamkeit
sicher + heit → die Sicherheit
beraten + ung → die Beratung
dumm + heit → die Dummheit
halten + ung → die Haltung
freundlich + keit → die Freundlichkeit

49

Nomen

Hinweis

1 Bestimmter und unbestimmter Artikel

Vor Nomen kann man einen **Artikel** setzen.

Es gibt **bestimmte Artikel** (der, die, das) und **unbestimmte Artikel** (ein, eine).

Beispiel: **der** Junge – **ein** Junge, **die** Blume – **eine** Blume, **das** Glas – **ein** Glas

ⓘ Den unbestimmten Artikel gibt es nur in der Einzahl.

1 Setze jeweils den bestimmten und den unbestimmten Artikel ein.

das Mädchen – ein Mädchen | der Schuh – ein Schuh
die Maus – eine Maus | der Vogel – ein Vogel
das Blatt – ein Blatt | die Lücke – eine Lücke

2 Die Mehrzahl von Nomen bilden

Die meisten Nomen gibt es in der **Einzahl** (Singular) und in der **Mehrzahl** (Plural).
Um die Mehrzahl zu bilden, werden oft **Endungen** an das Nomen angehängt:

-n: die Hütte → die Hütten | **-er:** das Feld → die Felder
-en: die Uhr → die Uhren | **-e:** der Tisch → die Tische
-s: das Baby → die Babys

Bei manchen Nomen **verändern** sich in der Mehrzahl auch die **Selbstlaute** (Vokale):

a → ä Rad → Räder | **o → ö** Hof → Höfe | **u → ü** Turm → Türme | **au → äu** Maus → Mäuse

ⓘ Manche Nomen haben keine Mehrzahl: das Obst, der Schnee

2 Bilde zu jedem Nomen die Mehrzahl. Kreise die Endung und, wenn vorhanden, den veränderten Selbstlaut ein.

das Glas → die Gläser | die Note → die Noten
der Kuss → die Küsse | das Auto → die Autos
der Kopf → die Köpfe | der Zaun → die Zäune

50

Nomen

Hinweis

3 Unterstreiche in den Sätzen alle Nomen in der Mehrzahl.

In jedem Klassenzimmer gibt es viele Stühle und Tische. An den Wänden befinden sich Tafeln und Plakate. Die Kinder, aber auch die Lehrerinnen und Lehrer, freuen sich über schöne, helle Räume in der Schule.

3 Nomen mit den Nachsilben -ung, -heit und -keit bilden

Es gibt **Wortbausteine**, die man an den Wortstamm eines Wortes anhängen kann. Diese Wortbausteine heißen **Nachsilben**.

Mit den **Nachsilben -ung, -heit** und **-keit** kann man aus Verben und Adjektiven Nomen bilden. Die Nomen musst du **großschreiben**.

Beispiele: verletzen → die Verletz**ung**
natürlich → die Natürlich**keit**
klug → die Klug**heit**

4 Finde in jedem Satz den Fehler und streiche den falsch geschriebenen Buchstaben durch. Schreibe das verbesserte Wort auf.

Satz	Berichtigung
Endlich schaffte sie die schwierige drehung beim Tanzen.	Drehung
Der Beamte überprüfte die echtheit des Geldscheins.	Echtheit
Den Lehrkräften war pünktlichkeit sehr wichtig.	Pünktlichkeit
Oma erzählte oft von ihrer kindheit.	Kindheit
Lucys zeichnungen waren in der Schule beliebt.	Zeichnungen

5 Bilde mit den Nachsilben „-ung", „-heit" oder „-keit" aus den unterstrichenen Wörtern Nomen. Schreibe sie in die Lücken.

a Der Polizist warnte uns. Seine Warnung war ernst gemeint.
b Papa liebt eine saubere Wohnung. Für diese Sauberkeit putzt er oft.
c Bist du damit zufrieden? Mir ist deine Zufriedenheit wichtig.
d Das Mädchen war sehr tapfer. Ihre Tapferkeit wird belohnt.

51

Nomen mit den Nachsilben -nis, -schaft und -tum bilden

Neben den Nachsilben -ung, -heit und -keit gibt es noch weitere Nachsilben, mit denen man Nomen bilden kann:

-nis: verhalten + nis → das Verhältnis
-schaft: schwanger + schaft → die Schwangerschaft
-tum: reich + tum → der Reichtum

Die Mehrzahl solcher Nomen bildest du so:
das Verhältnis – die Verhält**nisse**, der Reichtum – die Reich**tümer**,
die Schwangerschaft – die Schwanger**schaften**

1 Verwandle die Wörter mit der passenden Nachsilbe „-nis", „-schaft" oder „-tum" in ein Nomen. Ergänze die Nachsilbe und schreibe das Nomen mit dem bestimmten Artikel auf.

hilfsbereit + schaft → die Hilfsbereitschaft
heilig + tum → das Heiligtum
geheim + nis → das Geheimnis
wachsen + tum → das Wachstum
verwandt + schaft → die Verwandtschaft

2 Löse das Rätsel.

① Jemand, der viel **besitzt**, hat viele …
② In den Ferien hat Esme viel **erlebt**. Sie hatte viele schöne …
③ Die Kinder sind sehr **einfallsreich**. Die Lehrerin freut sich über den …
④ Er ist mit vielen Menschen **bekannt**. Er hat eine große …
⑤ Sie **kennt** viele Länder sehr gut. Als Reiseleiterin braucht sie vielfältige …

1 B E S I T Z T Ü M E R
2 E R L E B N I S S E
3 E I N F A L L S R E I C H T U M
4 B E K A N N T S C H A F T
5 K E N N T N I S S E

Die vier Fälle (Kasus)

Nomen können in **vier Fällen** stehen. Je nachdem, in welchem Fall ein Nomen steht, ändert sich nicht nur die **Form des Artikels**, sondern auch die **Form des Nomens**.

Beispiel: **Das Mädchen** trägt eine grüne Hose.
Die Hose **des Mädchens** ist grün.

Mit folgenden **Fragen** kannst du den Fall des Nomens herausfinden.

1. Fall: **Nominativ** → Wer oder was?
2. Fall: **Genitiv** → Wessen?
3. Fall: **Dativ** → Wem?
4. Fall: **Akkusativ** → Wen oder was?

Beispiel: **Der Junge** spielt mittwochs immer Handball.
→ **Wer oder was** spielt mittwochs immer Handball? → der Junge

Die Mannschaft **des Jungen** steht kurz vor dem Aufstieg.
→ **Wessen** Mannschaft steht kurz vor dem Aufstieg? → des Jungen

Der Trainer gibt **dem Jungen** einen Tipp.
→ **Wem** gibt der Trainer einen Tipp? → dem Jungen

Der Trainer lobt **den Jungen**.
→ **Wen oder was** lobt der Trainer? → den Jungen

3 Frage nach dem unterstrichenen Nomen und gib den Fall an.

a Zwei Schüler haben den Wettkampf gewonnen. Fall:
Wer oder was hat den Wettkampf gewonnen? Nominativ

b Die Gartenarbeit machte dem Kind viel Spaß. Fall:
Wem machte die Gartenarbeit viel Spaß? Dativ

c Die Hunde der Familie haben die ganze Nacht laut gebellt. Fall:
Wessen Hunde haben die ganze Nacht laut gebellt? Genitiv

d Die Mutter hat den Einkaufszettel zu Hause vergessen. Fall:
Wen oder was hat die Mutter zu Hause vergessen? Akkusativ

4 Schreibe die Fragen zum angegebenen Fall auf und unterstreiche die Antworten.

Nominativ:
Der Junge spielt Gitarre. — Wer oder was spielt Gitarre?
Das Mädchen singt. — Wer oder was singt?

Genitiv:
Die Mutter des Jungen freut sich. — Wessen Mutter freut sich?
Die Jacke der Oma ist grün. — Wessen Jacke ist grün?

Dativ:
Der Ball gehört dem Kind. — Wem gehört der Ball?
Der Vater glaubt seinem Sohn. — Wem glaubt der Vater?

Akkusativ:
Er lächelt den Mann an. — Wen oder was lächelt er an?
Ich sehe den Dieb rennen. — Wen oder was sehe ich rennen?

5 Setze den Artikel passend zum Nomen in den unterschiedlichen Fällen ein.

Die Katze fängt eine Maus.
Das Fell der Katze ist rot.
Die Kinder geben der Katze etwas zu fressen.
Der laute Knall überrascht die Katze.

Ich kann jetzt …	✓
… den bestimmten und unbestimmten Artikel vor Nomen setzen.	◯
… die Einzahl und die Mehrzahl von Nomen bilden.	◯
… verschiedene Nachsilben an Wörter hängen, um Nomen zu bilden.	◯
… die vier Fälle des Nomens unterscheiden und nach ihnen fragen.	◯

1 Unterstreiche alle Adjektive.

Maus • schnell • Jacke • biegen • lügen • stehen • lieb • kühl • Sonne • loben • klug • Luft • Flasche • Blitz • schön • Blume • Mauer • läuft • Wasser • gut

Tipp: zum Lösen der Aufgabe: Merkkasten 1 „Adjektive erkennen"

2 Fülle die Tabelle mit den Adjektiven aus **Aufgabe 1** aus und steigere sie.

Tipp: zum Lösen der Aufgabe: Merkkasten 2 „Adjektive bei Vergleichen steigern"

Grundform	1. Vergleichsstufe	2. Vergleichsstufe
schnell	schneller	am schnellsten
lieb	lieber	am liebsten
kühl	kühler	am kühlsten
klug	klüger	am klügsten
schön	schöner	am schönsten
gut	besser	am besten

3 Vergleiche die Schnecken mit dem Adjektiv „lang". Setze zusätzlich „als" oder „wie" ein.

Tipp: zum Lösen der Aufgabe: Merkkasten 3 „Vergleiche mit ‚als' und ‚wie'"

Schnecke 4 ist länger als Schnecke 2.
Schnecke 2 ist genauso lang wie Schnecke 3.
Schnecke 1 ist länger als Schnecke 4.

Adjektive
Hinweis

1 Adjektive erkennen

Adjektive erkennst du daran, dass du nach **„Wie ist etwas oder jemand?"** fragen kannst. Daher werden sie auch als „Wie-Wörter" bezeichnet.

Adjektive **beschreiben** Menschen, Tiere, Pflanzen und Dinge genauer.

Beispiele: Der Mann ist **lustig**. Lena freut sich über die **schöne** Rose.

Adjektive schreibst du immer **klein**.

1 Unterstreiche die Adjektive in den Sätzen.

a Auf dem dicken Ast sitzen große Vögel.
b Jeden Morgen höre ich den lauten Wecker.
c Die kurze Jeans ist teuer.
d Das Mädchen ist sehr nett.

2 Adjektive bei Vergleichen steigern

Mithilfe von Adjektiven kannst du etwas vergleichen. Dafür benutzt du verschiedene Formen: die **Grundform**, die **1. Vergleichsstufe** (Komparativ) und die **2. Vergleichsstufe** (Superlativ).

Beispiele: Der Mann ist lustig. (Grundform)
Der Junge ist lustig**er**. (1. Vergleichsstufe)
Der Clown ist **am** lustig**sten**. (2. Vergleichsstufe)

! Bei manchen Adjektiven werden die Formen unregelmäßig gebildet!

Beispiel: viel – mehr – am meisten

2 Ergänze die fehlenden Formen in der Tabelle.

Grundform	1. Vergleichsstufe	2. Vergleichsstufe
dick	dicker	am dicksten
groß	größer	am größten
laut	lauter	am lautesten
kurz	kürzer	am kürzesten
teuer	teurer	am teuersten

56

Adjektive
Hinweis

3 Vergleiche mit „als" und „wie"

Wenn du bei einem Vergleich einen **Unterschied** feststellst, benutzt du die **1. Vergleichsstufe** des Adjektivs und das Wort **„als"**.

Beispiel: Der Junge ist **älter als** das Baby.
(Hier gibt es einen Unterschied: Sie sind unterschiedlich alt.)

Wenn du bei einem Vergleich **keinen Unterschied** feststellst, benutzt du die **Grundform** und das Wort **„wie"**.

Beispiel: Der Junge ist so **alt wie** meine Schwester.
(Hier gibt es keinen Unterschied: Sie sind gleich alt.)

3 Wähle das passende Adjektiv aus und schreibe es richtig in die Lücke. Entscheide dich für „als" oder „wie".

Die Schokolade wiegt weniger als der Zucker.
Die Jeans ist teurer als das T-Shirt.
Die Nüsse wiegen genauso viel wie die Schokolade.
Das Baby ist jünger als das Mädchen.
Der Pullover ist genauso günstig/teuer wie die Jeans.

jung – viel – günstig – teuer – wenig

57

Adjektive
Vertiefung

Typische Nachsilben für Adjektive

Du kannst Nomen und Verben **in Adjektive verwandeln**, indem du passende Nachsilben an das Wortende anhängst.

Diese **Nachsilben** sind: **-ig**, **-lich**, **-los**, **-bar**, **-sam** und **-isch**.

Beispiele: Herz → herzlich, herzlos kratzen → kratzig

1 Finde zu jedem Wort ein passendes Adjektiv. Schreibe es auf und markiere die Nachsilbe.

danken → dankbar Frieden → friedlich Ecke → eckig
Sturm → stürmisch sparen → sparsam Ende → endlos/endlich

Adjektive deklinieren (beugen)

Adjektive, die **vor Nomen** stehen, verändern sich. Das hängt davon ab, ob das Nomen in der Einzahl (Singular) oder in der Mehrzahl (Plural) steht und in welchem Fall (Kasus).

Beispiele: das schöne Kleid (Einzahl) → die schön**en** Kleider (Mehrzahl)
das schöne Kleid (Nominativ) → des schön**en** Kleides (Genitiv)

2 Dekliniere die Adjektive in den Klammern und schreibe sie in die Lücken.

a Wegen der lauten (laut) Musik konnte ich mich nicht konzentrieren.
b Durch das spannende (spannend) Spiel verging die Zeit wie im Flug.
c Die alte (alt) Frau bedankt sich bei dem hilfsbereiten (hilfsbereit) Kind mit einem leckeren (lecker) Kuchen.

Ich kann jetzt …	✓
… Adjektive erkennen.	○
… Adjektive steigern.	○
… mit Adjektiven Vergleiche anstellen.	○
… Nomen und Verben in Adjektive verwandeln.	○
… Adjektive deklinieren.	○

58

Verben
Test

1 Konjugiere die Verben in der Tabelle.

denken	springen	laufen	sein
ich denke	ich springe	ich laufe	ich bin
du denkst	du springst	du läufst	du bist
er/sie/es denkt	er/sie/es springt	er/sie/es läuft	er/sie/es ist
wir denken	wir springen	wir laufen	wir sind
ihr denkt	ihr springt	ihr lauft	ihr seid
sie denken	sie springen	sie laufen	sie sind

Tipp: zum Lösen der Aufgabe: Merkkasten 1 „Verben konjugieren (beugen)"

2 Unterstreiche in den folgenden Sätzen die konjugierten Verben.

a Sie liebt die Berge, aber auch das Meer.
b Er lacht immer, wenn Paul Witze erzählt.
c Ihr seid wirklich sehr freundlich!
d Ich bin abends oft müde.
e Wir spielen gerne auf der Konsole.
f Mein Onkel baut ein Klettergerüst.

Tipp: zum Lösen der Aufgabe: Merkkasten 1 „Verben konjugieren (beugen)"

3 Unterstreiche die konjugierten Verben sowie ihre abgetrennten Wortbausteine und schreibe die vollständige Grundform der Verben daneben.

Ich lege jetzt wirklich auf. – auflegen
Schreibst du mir die Adresse auf? – aufschreiben
Du malst am besten alles aus! – ausmalen
Wann kommst du zurück? – zurückkommen
Sara bringt ihrer Oma das Ladekabel vorbei. – vorbeibringen

Tipp: zum Lösen der Aufgabe: Merkkasten 2 „Verben mit Wortbausteinen bilden"

59

Verben (Hinweis)

1 Verben konjugieren (beugen)

In der **Grundform** (Infinitiv) haben Verben die **Endung -en** oder **-n**.

Im Satz verändern sich die Endungen der Verben jedoch, die Verben werden **konjugiert** (gebeugt). Das bedeutet, dass du die Verben der Person anpasst.

Beispiel: rennen (Grundform)
ich renne, du rennst, er/sie/es rennt, wir rennen, ihr rennt, sie rennen (Personalformen)

① Bei manchen Verben verändert sich dabei auch der **Wortstamm**.

Beispiel: **laufen** (Grundform)
du **läufst**, er/sie/es **läuft** (2. und 3. Person Einzahl)

1 Konjugiere das Verb „sprechen" und unterstreiche den Wortstamm.

sprechen: ich spreche, du sprichst, er/sie/es spricht,
wir sprechen, ihr sprecht, sie sprechen

2 Wähle das passende Verb aus und schreibe die richtige Form in die Lücke.

spielen • haben • sein • essen

a Meine Oma isst am liebsten Zartbitterschokolade.
b Johannes und Matti spielen Tischtennis.
c Hast du Durst?
d Seid ihr fertig?

2 Verben mit Wortbausteinen bilden

Wortbausteine sind beispielsweise: **vor-, ab-, ver-, be-, auf-, an-** und **aus-**.
Setzt du sie vor ein Verb, so **verändern** die Verben ihre **Bedeutung**.

Beispiel: schreiben → **abschreiben, beschreiben** …

3 Schreibe das Verb in Klammern mit einem passenden Wortbaustein auf.

a Oh je! Jetzt habe ich mich schon wieder verlesen (lesen).
b Ich muss dir heute leider absagen (sagen).
c Kannst du mich verstehen (stehen)?

60

Verben (Vertiefung)

Zeitformen (Tempus) von Verben

Verben kannst du nicht nur in die unterschiedlichen Personalformen setzen, sondern auch in unterschiedliche Zeitformen. **Signalwörter** helfen dir beim Erkennen der Zeitformen:

Präsens (Gegenwart): Du machst etwas **gerade, im Moment, sofort, immer**.

Präteritum (schriftliche Vergangenheit): Du hast etwas in der Vergangenheit gemacht, **vor einiger Zeit, neulich**.
Diese Form verwendest du vor allem beim schriftlichen Erzählen.

Perfekt (gesprochene Vergangenheit): Du hast etwas **eben** oder **vorhin** gemacht.
Diese Form verwendest du vor allem beim mündlichen Erzählen.

Futur (Zukunft): Du wirst etwas in der Zukunft machen, **in ein paar Wochen**.

1 Ordne die Signalwörter den verschiedenen Zeitformen zu und trage sie in die Tabelle ein.

jetzt • letzte Woche • vor langer Zeit • eben • vorhin • vor Kurzem • vor zehn Jahren • in zehn Jahren • gerade • bald • morgen • jeden Morgen

Präsens	Präteritum	Perfekt	Futur
jetzt	letzte Woche	eben	bald
jeden Morgen	vor langer Zeit	vorhin	in zehn Jahren
gerade	vor zehn Jahren	vor Kurzem	morgen

61

Verben (Vertiefung)

Vergangenheitsformen bilden

Das **Präteritum** bildest du meist mit **-t**. Bei einigen Verben ändert sich jedoch der **Wortstamm**.

Beispiele: Tara besuchte uns letzte Woche.
Gestern **sahen** wir einen lustigen Film.

Das **Perfekt** bildest du mit einer Personalform von **haben** oder **sein** im Präsens und der Vorsilbe **ge-**.

Beispiele: Vorhin **habe** ich das Buch zu Ende **gelesen**.
Linda **ist** eben **gekommen**.

2 Unterstreiche die Verben im Präteritum blau und die Verben im Perfekt grün.

a Ich habe lange für Deutsch geübt.
b Die Katze miaute und der Hund bellte.
c Wir hörten ein aufgeregtes Flüstern.
d Ich habe an meinen Opa gedacht.
e Karim strahlte über beide Ohren.
f Hast du ihm das geglaubt?
g Du warst ohne mich bei dem Treffen?
h Du bist gerade falsch gefahren.
i Es war ziemlich laut hier.
j Lisa hat es mir gesagt.

3 Schreibe die Sätze im Präteritum auf und unterstreiche die Verbform.

Das Gespenst erschreckt sich. → Das Gespenst erschreckte sich.
Anton spricht ganz leise. → Anton sprach ganz leise.
Idil rennt schnell zum Bus. → Idil rannte schnell zum Bus.

4 Schreibe die Sätze im Perfekt auf und unterstreiche die Verbform.

Ida spielt Basketball. → Ida hat Basketball gespielt.
Sie singen im Chor. → Sie haben im Chor gesungen.
Wir fahren ihnen nach. → Wir sind ihnen nachgefahren.

62

Verben (Vertiefung)

Das Futur bilden

Die **Zukunftsform** bildest du mit einer Personalform von **werden** und der **Grundform des Verbs**.

Beispiel: Nächstes Jahr **werde** ich eine mehrtägige Radtour **machen**.

5 Schreibe die Sätze im Futur auf und unterstreiche die Verbform.

Leon spielt in der Bundesliga. → Leon wird in der Bundesliga spielen.
An Weihnachten schneit es. → An Weihnachten wird es schneien.
Pia erzählt eine Geschichte. → Pia wird eine Geschichte erzählen.

6 Fülle die Tabelle aus.

Zeitform	malen	werfen	lesen
Präsens	ich male	du wirfst	er liest
Präteritum	ich malte	du warfst	er las
Perfekt	ich habe gemalt	du hast geworfen	er hat gelesen
Futur	ich werde malen	du wirst werfen	er wird lesen

7 Unterstreiche die Verben in den verschiedenen Zeitformen.

Präsens = rot Präteritum = blau Perfekt = grün Futur = gelb

Klassenfahrt

Endlich ist es soweit! Schon so lange habe ich mich auf die Klassenfahrt gefreut! Wie alle anderen vierten Klassen der letzten Jahre, fahren auch wir in eine schöne Kleinstadt.

Dort werden wir ein Schloss besichtigen. Früher spukte es dort wohl. Auf unsere Nachfrage hin, lachte unsere Lehrerin und schüttelte den Kopf. So etwas gibt es doch nur in Gruselgeschichten, meinte sie. Na ja, wir werden es ja sehen.

63

Verben

Vertiefung

An einem anderen Tag werden wir einen großen Wildpark besuchen. Letztes Jahr gab es für die andere Klasse eine extra Führung mit Fütterung, sodass die Tiere sehr nah waren. Für die Luchse gab es ganze Hühnchen. Igitt!

Am meisten freue ich mich aber auf die Fischotter. Sie sehen so niedlich aus. Am vorletzten Tag werden wir noch einen Freizeitpark besuchen. Dort gibt es Achterbahnen, ein Geisterhaus und viele verschiedene Stände.

Hoffentlich werde ich nicht so großes Heimweh haben. Notfalls werde ich meine Eltern anrufen oder meine Freunde werden mich trösten. Letztes Jahr kam sogar eine Mama zur Jugendherberge. Zum Glück blieb der Junge dann doch noch bei seiner Klasse und nahm weiter an der Klassenfahrt teil. Das kurze Treffen mit seiner Mama hat ihm wohl geholfen. Mir wird das aber mit Sicherheit nicht passieren. Hoffe ich.

Ich kann jetzt …	✓
… Verben konjugieren.	○
… Verben mit Wortbausteinen erkennen.	○
… Verben mit verschiedenen Wortbausteinen bilden.	○
… durch Signalwörter die passende Zeitform bestimmen.	○
… Verben in den Vergangenheitsformen bilden.	○
… Verben in der Zukunftsform bilden.	○
… Verben in den verschiedenen Zeitformen bestimmen.	○

64

Satzglieder

Test

1 Bilde aus jedem Satz einen neuen Aussagesatz und einen Fragesatz, indem du die Wörter umstellst. **

Tipp: zum Lösen der Aufgabe: Merkkasten 1 „Satzglieder mithilfe der Umstellprobe erkennen"

a (Der Hund) (läuft) (schnell.)
Schnell läuft der Hund.
Läuft der Hund schnell?

b (Das Reh) (stand) (auf der Wiese.)
Auf der Wiese stand das Reh.
Stand das Reh auf der Wiese?

c (Mein Bruder) (geht) (jeden Tag) (in den Kindergarten.)
Jeden Tag geht mein Bruder in den Kindergarten.
Geht mein Bruder jeden Tag in den Kindergarten?

d (Am Nachmittag) (treffe) (ich) (meine Freunde) (in der Stadt.)
Ich treffe meine Freunde am Nachmittag in der Stadt.
Treffe ich meine Freunde am Nachmittag in der Stadt?

2 Kreise in den Sätzen in **Aufgabe 1** die Wörter ein, die beim Umstellen zusammengeblieben sind.

Tipp: zum Lösen der Aufgabe: Merkkasten 1 „Satzglieder mithilfe der Umstellprobe erkennen"

3 Unterstreiche in jedem Satz das Subjekt rot und das Prädikat blau.

Tipp: zum Lösen der Aufgabe: Merkkasten 2 „Subjekt und Prädikat (Satzkern) erkennen"

a Ich esse gerade eine riesengroße Portion Nudeln.

b Meine Schwester las in den Ferien ein Buch nach dem anderen.

c Heute Morgen brachte Bertha ihrer Nachbarin einen Kuchen.

d Fährt deine Oma immer so schnell?

** Beispiellösung

65

Satzglieder

Hinweis

1 Satzglieder mithilfe der Umstellprobe erkennen

Du kannst die Wörter in einem Satz **umstellen** und dadurch neue Sätze bilden.

Beispiel: (Samar) (fährt) (heute) (mit ihrem neuen Fahrrad.)
(Aussagesatz)
(Heute) (fährt) (Samar) (mit ihrem neuen Fahrrad.)
(umgestellter Aussagesatz)
(Fährt) (Samar) (heute) (mit ihrem neuen Fahrrad?)
(Fragesatz)

Beim Umstellen bleiben manche Wörter immer zusammen. Sie bilden die Teile eines Satzes. Man nennt sie **Satzglieder**.

Ein Satzglied kann aus einem Wort („Samar", „fährt") oder aus mehreren Wörtern („mit ihrem neuen Fahrrad") bestehen. Du kannst die Wörter „mit ihrem neuen Fahrrad" **nicht voneinander trennen**. Der Satz macht sonst keinen Sinn.

1 Bilde aus jedem Satz einen Fragesatz. **

a (Toni) (war) (am Montag) (krank.)
War Toni am Montag krank? 4

b (Nelli) (füttert) (ihren Hund) (jeden Abend.)
Füttert Nelli ihren Hund jeden Abend? 4

c (Sie) (übernachten) (bei ihrer Oma.)
Übernachten sie bei ihrer Oma? 3

d (In ihrem lang ersehnten Urlaub) (haben) (sie) (perfektes Wetter.)
Haben sie in ihrem lang ersehnten Urlaub perfektes Wetter? 4

e (Jan) (gewinnt) (den ersten Preis) (bei einem Musikwettbewerb.)
Gewinnt Jan bei einem Musikwettbewerb den ersten Preis? 4

2 Kreise die Satzglieder in den Sätzen von **Aufgabe 1** ein und notiere hinter jedem Satz, wie viele Satzglieder er hat.

66 ** Beispiellösung

Satzglieder

Hinweis

2 Subjekt und Prädikat (Satzkern) erkennen

Jeder Satz hat mindestens zwei Satzglieder: das Subjekt und das Prädikat.

Nach dem **Subjekt** fragst du mit: **Wer oder was tut etwas?**

Nach dem **Prädikat** fragst du mit: **Was tut jemand? Was geschieht?**

Beispiel: Der Hund schläft.

Frage nach dem Subjekt: Wer oder was schläft?
Antwort: der Hund → Subjekt

Frage nach dem Prädikat: Was tut der Hund?
Antwort: schläft → Prädikat

Das Subjekt kann aus unterschiedlich vielen Wörtern bestehen.

Beispiele: **Die Lehrerin** ist nett. **Die junge Lehrerin** ist nett.

Auch das **Prädikat** kann aus mehreren Wörtern bestehen, die eine **Satzklammer** bilden.

Beispiele: Ich **schreibe** den Text fehlerfrei **ab**. Niklas **ist** gerade **gekommen**.

3 Frage nach dem unterstrichenen Satzglied.

a Mein Vater weckt uns jeden Morgen.
Wer oder was weckt uns jeden Morgen?

b Mia schaut ihre Freundin verblüfft an.
Was tut Mia?

c Der Feuerwehrwagen fährt mit Blaulicht zum Waldbrand.
Wer oder was fährt mit Blaulicht zum Waldbrand?

d Schnell laufen die Kinder zum Bus.
Was tun die Kinder?

e Davids Kaninchen mag am liebsten Basilikumblätter.
Wer oder was mag am liebsten Basilikumblätter?

f Else und ihr Bruder hängen ein neues Bild auf.
Was tun Else und ihr Bruder?

67

Satzglieder
Vertiefung

Dativobjekt (Wem-Ergänzung) und Akkusativobjekt (Wen/Was-Ergänzung) erkennen

Es gibt neben Subjekt und Prädikat noch andere Satzglieder: das Dativobjekt und das Akkusativobjekt. Sie geben **zusätzliche Informationen** und ergänzen den Satz.

Nach dem **Dativobjekt** fragst du mit: **Wem?**

Nach dem **Akkusativobjekt** fragst du mit: **Wen oder was?**

Beispiel: Der Opa erzählt seiner Enkelin eine Geschichte.

Frage nach dem Dativobjekt: Wem erzählt der Opa eine Geschichte?
Antwort: seiner Enkelin → Dativobjekt

Frage nach dem Akkusativobjekt: Wen oder was erzählt der Opa seiner Enkelin?
Antwort: eine Geschichte → Akkusativobjekt

1 Frage nach dem Dativobjekt. Schreibe die Frage auf und unterstreiche die Antwort im Aussagesatz.

Die Kinder helfen dem Hausmeister. Wem helfen die Kinder?

a Der Lehrer schenkt dem Geburtstagskind einen Hausaufgaben-Gutschein.
Wem schenkt der Lehrer einen Hausaufgaben-Gutschein?

b Leo bringt meinem Onkel eine Kiste Äpfel.
Wem bringt Leo eine Kiste Äpfel?

2 Frage nach dem Akkusativobjekt. Schreibe die Frage auf und unterstreiche die Antwort im Aussagesatz.

Max räumt sein Zimmer auf. Wen oder was räumt Max auf?

a Sie streicheln das schwarze Kätzchen.
Wen oder was streicheln sie?

b Die Kinder planen eine Radtour.
Wen oder was planen die Kinder?

68

Satzglieder
Vertiefung

3 Unterstreiche die Subjekte rot, die Prädikate blau, die Dativobjekte grün und die Akkusativobjekte gelb.

a Die Geschwister folgen den Spuren im Schnee.

b Im Wald finden die Freunde ein kleines Häuschen.

c Am frühen Abend holt die Mutter ihre Zwillingstöchter ab.

Ortsangabe (adverbiale Bestimmung des Ortes) und Zeitangabe (adverbiale Bestimmung der Zeit) erkennen

In vielen Sätzen findest du auch **Informationen zum Ort und zur Zeit.** Orts- und Zeitangaben sind ebenfalls Satzglieder.

Nach der **Ortsangabe** fragst du mit: **Wo? Woher? Wohin?**

Nach der **Zeitangabe** fragst du mit: **Wann? Wie oft? Wie lange?**

Beispiel: Die Vögel fliegen jedes Jahr in den Süden.

Frage nach der Ortsangabe: Wohin fliegen die Vögel jedes Jahr?
Antwort: in den Süden → Ortsangabe

Frage nach der Zeitangabe: Wann fliegen die Vögel in den Süden?
Antwort: jedes Jahr → Zeitangabe

4 Unterstreiche in jedem Satz die Ortsangabe und notiere die passende Frage.

Die 4a entdeckt hinter der Turnhalle ein kleines Vogelnest.
Wo entdeckt die 4a ein kleines Vogelnest?

a Die Familie fuhr im Sommer nach Italien.
Wohin fuhr die Familie im Sommer?

b Die Besucherinnen und Besucher kamen aus Zürich.
Woher kamen die Besucherinnen und Besucher?

c Der Swimmingpool wird jedes Jahr im Garten aufgebaut.
Wo wird der Swimmingpool jedes Jahr aufgebaut?

d Das schmutzige Geschirr ist in der Spülmaschine.
Wo ist das schmutzige Geschirr?

69

Satzglieder
Vertiefung

5 Unterstreiche in jedem Satz die Zeitangabe und notiere die passende Frage.

Nächsten Freitag gehen wir ins Fußballstadion.
Wohin gehen wir nächsten Freitag?

a Die Freunde reisten drei Wochen mit Rucksäcken durch das Land.
Wie lange reisten die Freunde mit Rucksäcken durch das Land?

b Übermorgen beginnen die Ferien.
Wann beginnen die Ferien?

c Sie trainieren häufig.
Wie oft trainieren sie?

d In den ersten zwei Augustwochen kann man Sternschnuppen besonders gut sehen.
Wann kann man Sternschnuppen besonders gut sehen?

6 Unterstreiche in den Ausgangssätzen die Orts- und Zeitangaben. Schreibe sie anschließend auf und bestimme sie.

Jacline und Lena lernten sich vor vielen Jahren kennen.
vor vielen Jahren = Zeitangabe

a Nach der Schule wollen Emir und Katarina einen Schneemann im Garten bauen.
nach der Schule = Zeitangabe
im Garten = Ortsangabe

b Im Sommer kann ich nachts wegen der Hitze in meinem Zimmer kaum schlafen.
im Sommer, nachts = Zeitangabe
in meinem Zimmer = Ortsangabe

c Durch den Sturm fielen im Wald so viele Bäume um, dass dieser für mehr als drei Wochen gesperrt wurde.
im Wald = Ortsangabe
für mehr als drei Wochen = Zeitangabe

70

Satzglieder
Vertiefung

7 Unterstreiche die Subjekte rot, die Prädikate blau, die Ortsangaben lila und die Zeitangaben grau.

a Sie feiern Hakans Geburtstag in der Schule.

b Matti fährt mit seinem Fahrrad in die Stadt.

c Heute sehen wir uns endlich wieder.

d Aus dem Wald hören sie Stimmen.

e Am Wochenende gehen wir in den Zoo.

f Zweimal in der Woche spielen Mila, Pauline und Luisa Handball.

g Mio geht im Sommer jeden Tag zum See und schwimmt dort.

Das Prädikat steht meist an zweiter Stelle im Satz.

8 Trenne die Satzglieder in den Sätzen mit einem senkrechten Strich (|) voneinander ab und bestimme sie.

Subjekt = S	Prädikat = P	Dativobjekt = DO
Akkusativobjekt = AO	Ortsangabe = O	Zeitangabe = Z

Die Schülerinnen und Schüler | lieben | die Sportveranstaltung | im Sommer.
S P AO Z

a Das rote Fahrrad | gehörte | früher | meiner Nachbarin.
S P Z DO

b Im Zirkus | beobachtete | Finn | nachmittags | die Artisten.
O P S Z AO

c Jeden Mittwoch | probten | sie | mehrere Stunden | in der Aula.
Z P S Z O

Ich kann jetzt …	✓
… durch Umstellen die Satzglieder eines Satzes erkennen.	○
… das Subjekt und Prädikat erkennen und danach fragen.	○
… Dativobjekte und Akkusativobjekte erkennen und danach fragen.	○
… Orts- und Zeitangaben erkennen und danach fragen.	○

71

Zeichensetzung

Test

1 Um welche Satzart handelt es sich? Setze das passende Satzzeichen in das Kästchen ein und schreibe die Satzart auf (Aussagesatz, Aufforderungssatz, Ausrufesatz oder Fragesatz).

Tipp
zum Lösen der Aufgabe: Merkkasten 1 „Satzarten und Satzschlusszeichen"

a Juhu ! – Ausrufesatz
b Möchtest du heute zu mir kommen ? – Fragesatz
c Mach das Fenster zu ! – Aufforderungssatz
d Ich möchte noch ein Eis essen . – Aussagesatz
e Pfui ! – Ausrufesatz
f Heute Abend gehe ich früher ins Bett . – Aussagesatz
g Weg da ! – Aufforderungssatz

2 Unterstreiche die gleichartigen Wörter in den Aufzählungen und füge Kommas ein, wo es notwendig ist.

Tipp
zum Lösen der Aufgabe: Merkkasten 2 „Kommas bei Aufzählungen"

In meinem Klassenraum stehen viele Tische, Stühle, Regale und Schränke. An der einen Wand hängen Steckbriefe und Fotos von allen Schülerinnen und Schülern der Klasse. An der anderen Wand kleben viele Plakate, Bilder, unser Stundenplan und ein Zettel mit den Nachmittagsangeboten. Dazu gehören beispielsweise die Arbeitsgemeinschaften Judo, Schach, Gartenarbeit und Kunst.

In meiner Klasse gibt es 12 Mädchen, 15 Jungen und einen Schulhund. Frau Müller ist unsere Klassenlehrerin. Sie unterrichtet bei uns die Fächer Deutsch, Mathe, Sachunterricht und Kunst. Meine Lieblingsfächer sind Deutsch, Kunst und Sport.

72

Zeichensetzung

Hinweis

1 Satzarten und Satzschlusszeichen

Ein **Aussagesatz** wird auch **Erzählsatz** genannt. Du machst damit eine Aussage oder **berichtest** über etwas. Nach einem Aussagesatz steht ein **Punkt**.

Beispiel: Ich lese ein spannendes Buch.

Mit einem **Fragesatz** stellst du eine **Frage** und möchtest eine Information oder eine Antwort erhalten. Nach einem Fragesatz steht ein **Fragezeichen**.

Beispiel: Wie heißt du?

Mit einem **Aufforderungssatz forderst** du etwas ein. Mit einem **Ausrufesatz rufst** du etwas aus. Nach einem Aufforderungs- oder Ausrufesatz steht ein **Ausrufezeichen**.

Beispiel: Sei endlich still! (Aufforderungssatz) Igitt, wie eklig! (Ausrufesatz)

1 Bestimme die Satzart und setze ein passendes Satzschlusszeichen ein.

a Ich trinke gern Kakao . – Aussagesatz
b Möchtest du noch länger schlafen ? – Fragesatz
c Tu das nicht ! – Aufforderungssatz
d Nein ! – Ausrufesatz

2 Kommas bei Aufzählungen

Wenn mehrere gleichartige Wörter (z. B. mehrere Nomen, Verben oder Adjektive) hintereinanderstehen, spricht man von einer Aufzählung. Die Wörter einer **Aufzählung trennst du** mit einem **Komma** ab.

Beispiele: Ich trinke gerne Wasser, Apfelsaft und Kakao.
Meine Hobbys sind reiten, lesen und zeichnen.
Es gab rote, gelbe, blaue und lila Blumen.

Steht zwischen den aufgezählten Wörtern **„und"**, **„oder"** oder **„sowie"**, dann wird **kein Komma** gesetzt.

2 Ergänze die fehlenden Kommas.

In meiner Freizeit spiele ich Handball, Tennis sowie Fußball und treffe mich gerne mit anderen. Zu Hause helfe ich oft meinem Papa, spiele mit meinen beiden Brüdern, puzzle, male mit Wasserfarben oder lese.

73

Zeichensetzung

Vertiefung

Wörtliche Rede und Satzzeichen

Mithilfe der wörtlichen Rede zeigst du an, dass jemand etwas **sagt**, **berichtet** oder **fragt**.

(!) Die **wörtliche Rede** wird immer **in Anführungszeichen** gesetzt.

Der **Redebegleitsatz** kann an unterschiedlichen Stellen stehen.

1. Wenn der Redebegleitsatz **vor der wörtlichen Rede** steht, setzt du einen **Doppelpunkt**.

   Beispiel:

   Mama sagt: „Ich fahre dich später zu Luisa."
   Redebegleitsatz – wörtliche Rede

2. Wenn der Redebegleitsatz **hinter der wörtlichen Rede** steht, trennst du wörtliche Rede und Redebegleitsatz durch ein **Komma**.

   Beispiele:

   „Ich fahre dich später zu Luisa", sagt Mama.
   wörtliche Rede (Aussagesatz) – Redebegleitsatz

   „Soll ich dich später zu Luisa fahren?", fragt Mama.
   wörtliche Rede (Fragesatz) – Redebegleitsatz

   „Oh je, ich habe ganz vergessen, dich zu Luisa zu fahren!", ruft Mama.
   wörtliche Rede (Ausrufesatz) – Redebegleitsatz

(!) Wenn die wörtliche Rede ein Aussagesatz ist, lässt du den Punkt weg. Wenn die wörtliche Rede ein Fragesatz, ein Ausrufesatz oder ein Aufforderungssatz ist, bleiben Fragezeichen oder Ausrufezeichen stehen.

3. Wenn der Redebegleitsatz **eingeschoben** wird, trennst du den Redebegleitsatz von der wörtlichen Rede durch **zwei Kommas**.

   Beispiel:

   „Ich fahre dich zu Luisa", erklärt mir Mama, „aber erst später."
   wörtliche Rede – Redebegleitsatz – wörtliche Rede

(!) Die wörtliche Rede wird jedes Mal in Anführungszeichen gesetzt.

74

Zeichensetzung

Vertiefung

1 Unterstreiche den Redebegleitsatz.

„Können wir uns heute treffen?", fragt Mona ihre Freundin Jule.
„Ja, gerne", sagt Jule und überlegt kurz, „so gegen 16 Uhr?"
Mona jubelt: „Ja, prima! Dann kannst du mir endlich dein neues Zimmer zeigen!"
„Einverstanden!", sagt Jule lächelnd und winkt Mona zu.

2 Schreibe die Sprechblasen als wörtliche Rede. Setze den Redebegleitsatz vor die wörtliche Rede. **

Leo fragt: „Kommst du zu Nadjas Geburtstagsparty?"
Sara antwortet: „Ja, lass uns doch zusammen hingehen."
Leo sagt: „Gerne. Ich habe mir schon ein tolles Geschenk für Nadja überlegt!"

3 Unterstreiche die Redebegleitsätze und setze Doppelpunkte, Anführungszeichen und Satzzeichen richtig ein.

Liam, der Torschütze, jubelt: „Tor!"
„Was für ein genialer Doppelpass!", freut sich Ben und klatscht seinen Freund ab.
„Jungs", feuert der Trainer sie an, „genau so will ich euch sehen!"
Liam grinst: „Kein Problem, Coach!"
„Wir machen das einfach gleich noch mal", schlägt Ben vor, „oder, Liam?"

** Beispiellösung

75

Zeichensetzung

Vertiefung

Und tatsächlich, als das Spiel eine Viertelstunde später abgepfiffen wird, steht es 3:1 für ihre Mannschaft.

„Ihr wart großartig! Alle! Jeder hat alles für das Team gegeben! Ich bin so stolz auf euch!“, freut sich der Trainer und springt immer wieder strahlend in die Luft. „Zieht euch schnell um! Ich lade euch alle auf ein kaltes Getränk ein.“

Kommasetzung bei Bindewörtern (Konjunktionen)

Bindewörter können Sätze miteinander verbinden. Vor vielen Bindewörtern musst du ein **Komma** setzen. Das sind beispielsweise: **dass, wenn, weil, als**.

Beispiele: Ich hoffe, **dass** es dir ganz schnell wieder besser geht.
Ich bringe dir etwas mit, **wenn** ich einkaufen gehe.
Sie kommt etwas später, **weil** sie noch Gitarre üben will.
Er wollte gerade losgehen, **als** das Telefon klingelte.

ⓘ Ein dass-Satz ist nicht dasselbe wie ein das-Satz. Bei einem das-Satz kannst du „das“ durch „dieses“, „jenes“ oder „welches“ ersetzen.

Beispiel: Das Mädchen, das den roten Rock trägt, ist sehr nett.
Das Mädchen, welches den roten Rock trägt, ist sehr nett.

Vor den Bindewörtern **und, oder, sowie** steht **kein Komma**.

4 Setze „wenn“, „weil“, „als“ oder „dass“ passend ein und kreise die Kommas davor ein.**

a Ich denke(,) dass dir mein Geschenk gefallen wird.
b Wir können eine Radtour machen(,) wenn ich mein Fahrrad repariert habe.
c Du musst mir genau zuhören(,) weil du sonst den Weg nicht findest.
d Der Hund sprang freudig auf(,) als Justin das Haus betrat.
e Raschid hofft(,) dass er später einmal ein berühmter Forscher wird.
f Opa Schöttelbeck ist sehr enttäuscht(,) weil seine Lieblingsmannschaft verloren hat.
g Kim versprach, seine Mutter zu besuchen(,) wenn er von seiner Reise zurück ist.

 ** Beispiellösung

Zeichensetzung

Vertiefung

5 Schreibe in die Lücken ein passendes Bindewort (und, oder, sowie, weil, wenn, dass, als) und setze die nötigen Kommas.

a Ich glaube, dass du mir die Wahrheit sagst.
b Wir benötigen noch Äpfel, Mandeln, Sahne und/sowie Zucker für unseren Nachtisch.
c Schreibt ihr die Deutscharbeit morgen oder erst am Freitag?
d Hakan strahlt über beide Ohren, weil/als er sich einen Hund aussuchen darf.
e Tim ist traurig, weil er sich mit seinem besten Freund gestritten hat.
f Müssen wir jetzt links, rechts oder geradeaus gehen?
g Seine Lieblingsfächer sind Mathe, Sport und/sowie Kunst.
h Ich kann heute nicht zum Sport gehen, weil ich Halsschmerzen habe.
i Meinst du wirklich, dass du etwas gehört hast?
j Ich freue mich sehr, wenn/weil/dass du mit mir ins Kino gehst.
k Wusstest du, dass Tintenfische eine dunkle Flüssigkeit ausstoßen, wenn Gefahr droht?

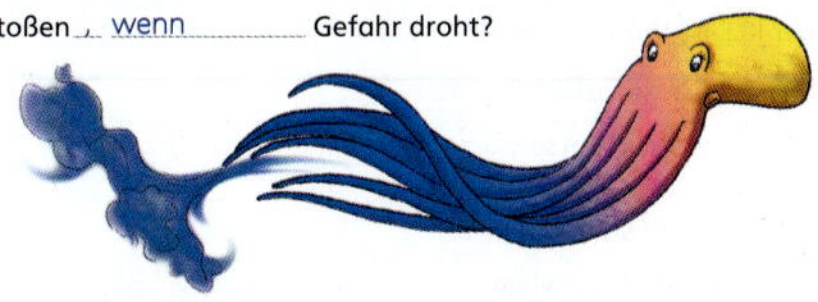

Ich kann jetzt …	✓
… Satzarten unterscheiden.	○
… das passende Satzzeichen, je nach Satzart, einsetzen.	○
… Kommas bei Aufzählungen setzen.	○
… Redebegleitsätze erkennen.	○
… Satzzeichen bei wörtlicher Rede setzen.	○
… notwendige Kommas bei Bindewörtern zwischen zwei Sätzen setzen.	○

Groß- und Kleinschreibung

Test

1 Achtung Fehlertext! Finde 12 weitere Wörter, die großgeschrieben werden müssen, und korrigiere sie.

Tipp: zum Lösen der Aufgabe: Merkkasten 1 „Großschreibung von Satzanfängen und Nomen“

~~heute~~ Heute Nacht schlief ich schlecht. Ständig hörte ich draußen seltsame Geräusche und das Toben des Sturms. Um ~~mitternacht~~ Mitternacht gab es plötzlich einen heftigen Knall. ~~dann~~ Dann hörte ich ~~schritte~~ Schritte, die immer näher kamen. Vor ~~schreck~~ Schreck hielt ich die ~~luft~~ Luft an. Meine ~~zimmertür~~ Zimmertür quietschte und in der ~~dunkelheit~~ Dunkelheit sah ich eine Gestalt.

„Schatz, ich bin's. Deine Mama. Ist bei dir alles gut?“

Vor ~~erleichterung~~ Erleichterung stöhnte ich laut auf, schaltete das Licht an und setzte mich aufrecht hin. „Du darfst mich nie wieder so erschrecken, Mama!“

„Tut mir leid! Es gab diesen lauten Knall und ich wollte sehen, ob bei dir alles in ~~ordnung~~ Ordnung ist. Ein ~~baum~~ Baum ist wegen des ~~sturms~~ Sturms umgestürzt“, erklärte mir Mama.

Die restliche Nacht schlief ich bei meinen ~~eltern~~ Eltern im Bett.

2 Groß oder klein? Streiche die falsche Schreibweise durch.

Tipp: zum Lösen der Aufgabe: Merkkasten 2 „Großschreibung von Eigennamen“

a Der große Bär/~~Große Bär~~ im Zoo sieht eigentlich gar nicht gefährlich aus.
b Der ~~große Bär~~/Große Bär ist ein bekanntes Sternbild.
c Der ~~bayerische Wald~~/Bayerische Wald ist immer einen Besuch wert.
d Ich esse sehr gerne milden Käse/~~Milden Käse~~.
e Der ~~schiefe Turm von Pisa~~/Schiefe Turm von Pisa ist wirklich schief.
f Sie wohnen in der ~~frankfurter Straße~~/Frankfurter Straße.
g Schmecken dir ~~nürnberger Lebkuchen~~/Nürnberger Lebkuchen?
h Meine Familie liebt italienische Wurst/~~Italienische Wurst~~.

Groß- und Kleinschreibung

Hinweis

1 Großschreibung von Satzanfängen und Nomen

Jedes Wort **am Satzanfang** schreibst du **groß**.

Beispiel: Gestern haben wir eine Nachtwanderung gemacht.

Nomen werden immer **großgeschrieben**. Häufig steht vor einem Nomen ein **Artikel** (der, die, das, ein, eine).

Beispiel: **Die** Bäume sahen gespenstisch aus.

ⓘ Achte auch auf **versteckte Artikel**, wie beispielsweise **zum** und **beim**.

beim = bei dem
zum = zu dem
zur = zu der
ins = in das
ans = an das

Beispiel: Wir wanderten bis **zum** Forsthaus.

1 Setze den richtigen Anfangsbuchstaben in die Lücke ein.

a Beim F rühstück (f/F) erzählte sie uns von der W anderung (w/W).
b M öchtest (m/M) du gerne malen oder s töberst (s/S) du lieber in den Büchern?
c Vom F enster (f/F) aus beobachtet er ein E ichhörnchen (e/E).
d Die Nacht war sehr klar. S o (s/S) konnten sie viele Sternbilder am H immel (h/H) entdecken.

2 Notiere, warum du dich in **Aufgabe 1** für die Großschreibung oder die Kleinschreibung entschieden hast.

a Vor „Frühstück“ steht ein versteckter Artikel (beim).
Vor „Wanderung“ steht ein bestimmter Artikel.
b Satzanfänge werden großgeschrieben.
„stöbern“ ist ein Verb und wird kleingeschrieben.
c Vor „Fenster“ steht ein versteckter Artikel (vom).
Vor „Eichhörnchen“ steht ein unbestimmter Artikel.
d Satzanfänge werden großgeschrieben.
Vor „Himmel“ steht ein versteckter Artikel (am).

Groß- und Kleinschreibung

Hinweis

2 Großschreibung von Eigennamen

Auch **Eigennamen**, zum Beispiel von Personen, Orten, Flüssen, Straßen oder Sternbildern, werden **großgeschrieben**.

Beispiele: der Thüringer Wald, der Schiefe Turm von Pisa

Bei beiden Beispielen ist eine bestimmte Sache gemeint und nicht irgendein Wald oder irgendein Turm. Daher werden die Wörter großgeschrieben.

3 Wie werden die unterstrichenen Wörter geschrieben? Kreuze an.

	Kleinschreibung	Großschreibung
Kennst du LÜBECKER Marzipan?		X
Die ALTE Burg ist etwas gruselig.	X	
Sie hat die ROTE Karte wirklich verdient.		X
Die DEUTSCHE Post ist überall bekannt.		X
Der KLEINE Wagen von meinem Nachbarn macht komische Geräusche.	X	
Muss der SCHWEIZER Käse immer so stark riechen?		X
Auch der KLEINE Wagen ist ein Sternbild.		X
Die ALTE Vase ist zum Glück kaputt.	X	
Das TOTE Meer hat einen seltsamen Namen.		X
Die Adresse ist: AM Schlossplatz 8.		X
Heinrich der ACHTE hatte viele Ehefrauen.		X
Meine Oma hatte SECHS Geschwister.	X	
Die AUGSBURGER Puppenkiste ist ein berühmtes Marionettentheater.		X
San Francisco liegt am PAZIFISCHEN Ozean.		X
Jan trinkt am liebsten SCHWARZEN Tee.	X	

Groß- und Kleinschreibung

Vertiefung

Die Artikelprobe

Mithilfe der **Artikelprobe** kannst du herausfinden, ob du ein Wort groß- oder kleinschreiben musst.

Wenn du vor ein Wort einen Artikel setzen kannst, ist es ein Nomen und muss großgeschrieben werden.

Beispiel: Leonie mag GESCHENKE. Leonie mag **die** Geschenke.

1 Streiche in jedem Satz das falsch geschriebene Wort durch und schreibe es zusammen mit dem bestimmten Artikel richtig auf die Linie.

Er lacht gerne über lustige ~~witze~~. — die Witze

Bei Welpen braucht man immer viel ~~geduld~~. — die Geduld

Er benötigt ~~geld~~, um sich neue Schuhe zu kaufen. — das Geld

Als Kind aß ihre Schwester jeden Tag ~~eis~~. — das Eis

Das Kleinkind spielt am liebsten ~~ball~~. — der Ball

Ida sammelt ~~informationen~~ über Vulkane. — die Informationen

2 Nomen können in der Einzahl oder Mehrzahl stehen. Finde für die korrigierten Nomen aus **Aufgabe 1** die Einzahl oder die Mehrzahl und schreibe sie auf.

der Witz,
-,
die Gelder,
-,
die Bälle,
die Information

Groß- und Kleinschreibung

Vertiefung

Die Adjektivprobe

Mithilfe der **Adjektivprobe** kannst du herausfinden, ob du ein Wort groß- oder kleinschreiben musst.

Wenn du vor ein Wort ein Adjektiv setzen kannst, ist es ein Nomen und muss großgeschrieben werden.

Beispiel: Leonie mag OHRRINGE. Leonie mag **bunte** Ohrringe.

(!) Achte darauf, dass das Adjektiv vor dem Nomen eine zusätzliche Endung bekommt.

Beispiel: bunt → bunte Ohrringe

3 Überprüfe, ob das Wort ein Nomen ist: Setze, wenn möglich, vor die Wörter einen Artikel und ein passendes Adjektiv aus dem Kasten.

lustig • schnell • warm • gesund • klein • lockig

die warme	JACKE		VORGELAUFEN
	KALT		SCHWIMMT
das gesunde	OBST	die lockigen	HAARE
der schnelle	LÄUFER		STÜRMISCH
das kleine	MÄUSCHEN	der lustige	CLOWN

4 Schreibe die Sätze so um, dass das Adjektiv vor dem Nomen steht. Unterstreiche die Endung des Adjektivs.

Die Kinder sind laut. → die lauten Kinder

Das Eis ist lecker. → das leckere Eis

Die Flaschen sind voll. → die vollen Flaschen

Das Wetter ist stürmisch. → das stürmische Wetter

Deine Jeans ist schmutzig. → deine schmutzige Jeans

Der Zaubertrick ist toll. → der tolle Zaubertrick

Groß- und Kleinschreibung

Vertiefung

Typische Endungen von Nomen

Mithilfe von **Wortendungen** kannst du erkennen, ob das Wort ein **Nomen** ist und daher großgeschrieben werden muss. Diese Endungen sind: **-ung, -heit, -keit, -nis, -schaft, -tum**.

Weitere typische Endungen sind die **Verkleinerungsformen -chen** und **-lein**.

Beispiele: Überraschung, Gesundheit, Fröhlichkeit, Ereignis, Freundschaft, Reichtum, Blümchen, Kindlein

5 Finde in dem Text alle Nomen und Eigennamen und unterstreiche sie.

LOU UND FREDERIK WOLLEN AUF DEN HOHEN BAUM KLETTERN. UM KEINE BÖSE ÜBERRASCHUNG ZU ERLEBEN, SIND SIE SEHR VORSICHTIG. IHRE ELTERN ERZÄHLTEN IMMER WIEDER VON IHRER KINDHEIT, ALS SIE DIE WÄLDER UNSICHER GEMACHT HABEN. „BESTIMMT WAREN ES EHER BÄUMCHEN, AUF DIE SIE GEKLETTERT SIND", WITZELT LOU.

ER IST SCHON RECHT HOCH GEKLETTERT, ALS ES PLÖTZLICH WINDIG WIRD UND DIE DÜNNEN BÄUME NEBEN IHM GEFÄHRLICH HIN UND HER SCHWANKEN. „PASS AUF!", RUFT FREDERIK SEINEM BRUDER ZU. DOCH DANN PASSIERT ES: EIN AST STÜRZT VON OBEN AUF LOU HINAB, ER VERLIERT DAS GLEICHGEWICHT UND STÜRZT.

ZUM GLÜCK SIND GERADE ZWEI SPAZIERGÄNGER IN DER NÄHE UND RUFEN SOFORT EINEN KRANKENWAGEN. KURZE ZEIT SPÄTER IST DIE NOTÄRZTIN DR. SCHNELLE DA. „DU HAST NOCHMAL GLÜCK GEHABT", ERKLÄRT SIE, NACHDEM SIE LOU UNTERSUCHT HAT. „VERMUTLICH IST NICHTS GEBROCHEN. ABER DIE VERLETZUNG AM KOPF MUSS IM KRANKENHAUS NOCH GENÄHT WERDEN." LOU SCHAUT SEINEN BRUDER ERLEICHTERT AN: „DEMNÄCHST NEHMEN WIR VIELLEICHT DOCH LIEBER EINEN KLEINEREN BAUM."

6 Schreibe alle Nomen von **Aufgabe 5** auf, die eine typische Endung für Nomen haben. Schreibe vor die Nomen den bestimmten Artikel.

die Überraschung, die Kindheit, das Bäumchen, die Verletzung

Groß- und Kleinschreibung

Vertiefung

7 Trage die Nomen von **Aufgabe 5** auf Seite 83 in die Tabelle ein und ergänze die fehlenden Formen, wenn möglich. Schreibe vor die Nomen den bestimmten Artikel.

Nomen in der Einzahl	Nomen in der Mehrzahl	Verkleinerungsform
der Baum	die Bäume	das Bäumchen
die Überraschung	die Überraschungen	-
-	die Eltern	-
die Kindheit	die Kindheiten	-
der Wald	die Wälder	das Wäldchen
der Bruder	die Brüder	das Brüderchen
der Ast	die Äste	das Ästchen
das Gleichgewicht	die Gleichgewichte	-
das Glück	-	-
der Spaziergänger	die Spaziergänger	-
die Nähe	-	-
der Krankenwagen	die Krankenwagen	-
die Zeit	die Zeiten	-
die Notärztin	die Notärztinnen	-
die Verletzung	die Verletzungen	-
der Kopf	die Köpfe	das Köpfchen
das Krankenhaus	die Krankenhäuser	-

Ich kann jetzt …	✓
… Satzanfänge, Nomen und Eigennamen erkennen und sie großschreiben.	○
… die Artikelprobe anwenden.	○
… die Adjektivprobe anwenden.	○
… Nomen an ihren typischen Endungen erkennen.	○

84

Lange und kurze Vokale

Test

1 Lies die folgenden Wörter laut. Unterstreiche lang gesprochene Vokale mit einem Strich und setze unter kurz gesprochene Vokale einen Punkt.

Topf Wut Duft Schluss zahm Wort Tal Gruß

Tipp: zum Lösen der Aufgabe: Merkkasten 1 „Lang und kurz gesprochene Vokale (Selbstlaute)"

2 Einzelvokal oder Doppelvokal? Ergänze die Lücken.

e • ee • a • aa • o • oo

das B ee t, der T a g, das T o r, die S aa t, die F ee

der Z oo, das H aa r, das M oo s, das L o s, der St e g

Tipp: zum Lösen der Aufgabe: Merkkasten 2 „Doppelvokale"

3 Einzelkonsonant oder Doppelkonsonant? Ergänze die Lücken.

n oder nn ?: der To n, die To nn e, die So nn e, der Ma nn

l oder ll ?: der Abfa ll, der Wa l fisch, der Burgwa ll, der Te ll er

s oder ss ?: das Lo s, der Flu ss, der Schlu ss, die Flu s e

m oder mm ?: der Sa m en, die Hu mm el, der So mm er, die Su mm e

t oder tt ?: die Wa tt e, die Saa t, das We tt er, die Bi tt e

p oder pp ?: die Tre pp e, das Sto pp schild, die Pu pp e, die Hu p e

Tipp: zum Lösen der Aufgabe: Merkkasten 3 „Doppelkonsonanten"

4 Lies die Wörter laut und höre, ob der i-Laut lang oder kurz gesprochen wird. Setze dann „i", „ie" oder „ih" in die Lücken ein.

i mmer, Z i mmer, ih nen, Fr ie de, F ie ber

N ie re, M ie te, bl ie b, w i nzig, n ie mand

Tipp: zum Lösen der Aufgabe: Merkkasten 4 „Wörter mit i, ie und ih"

85

Lange und kurze Vokale

Hinweis

1 Lang und kurz gesprochene Vokale (Selbstlaute)

Als **Vokale** (Selbstlaute) bezeichnet man die Buchstaben **a, e, i, o** und **u**.

Vokale können lang oder kurz gesprochen werden. Du kannst sie beim Hören meist gut unterscheiden.

Beispiele für Wörter mit **lang** gesprochenem Vokal: Frage, geben, knobeln

Beispiele für Wörter mit **kurz** gesprochenem Vokal: Land, setzen, Knopf

1 Langer oder kurzer Vokal? Ordne die Wörter richtig zu.

Luft • Bad • Stamm • Mut • Fuß • gut • Wand • schlank

Wörter mit kurz gesprochenem Vokal: Luft, Stamm, Wand, schlank

Wörter mit lang gesprochenem Vokal: Bad, Mut, Fuß, gut

2 Doppelvokale

Meistens schreibt man **lang** gesprochene Vokale nur mit einem Buchstaben.

Beispiele: Schule, malen

Es gibt aber auch Wörter, bei denen der lang gesprochene Vokal **verdoppelt** wird.

Beispiele: das Meer, das Boot

2 Welches Wort mit Doppelvokal ist jeweils gesucht? Löse das Rätsel.

① Auf dem Kopf hast du viele …
② Anderes Wort für „blöd"
③ Gerät, um das Gewicht zu messen
④ Heißes Getränk
⑤ Damit wäschst du deine Haare.

						²D
⁵S	¹H	A	M	P	O	O
	A					O
³W	A	A	G	E		F
	R					
⁴T	E	E				

86

Lange und kurze Vokale

Hinweis

3 Doppelkonsonanten

Als **Konsonanten** (Mitlaute) bezeichnet man alle Buchstaben des Alphabets, außer den Vokalen.

Einen **Doppelkonsonanten** schreibst du meist nach einem **kurz** gesprochenen Vokal. Du kannst den Doppelkonsonanten hören, wenn du das **Wort in Silben** sprichst.

Beispiel: **Trep-pe**

ⓘ Wird ein Wort mit Doppelkonsonant geschrieben, haben auch die **Wörter aus der Wortfamilie** meistens einen Doppelkonsonanten.

Beispiel: fallen, der Fall, der Gefallen

3 Finde Reimwörter und schreibe sie auf.

Schiff	wollen	kennen
Griff	rollen	rennen
Riff	sollen	benennen
Pfiff	grollen	brennen

Masse	Himmel	wippen
Kasse	Schimmel	nippen
Gasse	Gewimmel	kippen
Tasse	Gebimmel	tippen

4 Wörter mit i, ie und ih

Oft werden Wörter mit einem **lang** gesprochenen i-Laut mit **ie** geschrieben.

Beispiele: mies, tief

Einige Verben verändern ihren Stammvokal und bilden das Präteritum mit **ie**.

Beispiele: er schreibt – er schrieb, sie lässt – sie ließ

Nur die wenigsten Wörter mit einem lang gesprochenen i-Laut werden mit **ih** oder i geschrieben.

Beispiele: ihnen, ihre, Musik, Olive

87

Lange und kurze Vokale

Hinweis

4 Finde in den Sätzen die Fehler, streiche sie durch und schreibe die Wörter in der Spalte „Berichtigung" richtig auf.

Achtung Fehler!	Berichtigung
Ich warte schon so lange auf deinen ~~Brif~~.	Brief
Wie ~~lif~~ dein erster Tag in der Schule?	lief
Die ~~Zihtrone~~ schmeckt sehr bitter.	Zitrone
Der ~~Tieger~~ sitzt auf der Wiese.	Tiger
Ich liebe grüne ~~Olieven~~.	Oliven
„Kann ich ~~lenen~~ helfen?"	Ihnen
Ich esse gerne ~~Honieg~~, aber keine ~~Zwibeln~~.	Honig, Zwiebeln
Er ist so groß wie ein ~~Rihse~~.	Riese
Sein ~~Augentied~~ ist geschwollen.	Augenlid
Diese ~~Lider~~ habe ich schon im Kindergarten gehört.	Lieder
Schon wieder hat unsere ~~Liferung~~ Verspätung.	Lieferung

5 In dem Suchsel sind neun Wörter mit lang gesprochenem i-Laut versteckt. Kreise sie ein und schreibe sie auf.

T	R	A	N	S	P	O	R	T	I	E	R	E	N
I	G	H	K	V	M	O	S	L	P	L	O	E	R
E	M	A	S	C	H	I	N	E	K	I	S	Z	V
F	R	I	E	R	E	N	Q	A	D	T	I	W	I
V	G	R	A	T	U	L	I	E	R	E	N	F	E
B	J	X	N	L	S	S	E	L	T	R	E	T	R
A	P	F	E	L	S	I	N	E	Q	Y	B	U	L

Wörter mit „ie": *transportieren, frieren, gratulieren, tief, vier*

Wörter mit „i": *Maschine, Apfelsine, Liter, Rosine*

Lange und kurze Vokale

Vertiefung

Lang gesprochene Vokale mit Dehnungs-h

Einige Wörter mit **lang** gesprochenem Vokal werden mit **Dehnungs-h** geschrieben. Da du das **h** nicht hören kannst, wird es auch als **stummes h** bezeichnet.

Beispiele: die Bahn, der Sohn

Das Dehnungs-h steht **häufig vor den Buchstaben l, m, n** und **r.**

1 Werden diese Wörter mit einem Dehnungs-h geschrieben? Falls ja, setze ein „h" ein.

Me*h*l	Schnu_r	Stu_rm	O*h*r
Fa*h*rt	Ta_l	Sta*h*l	wi_r
wü_tend	So*h*le	le_sen	we*h*ren
Sie_b	E*h*re	Bee_re	wä*h*len

2 Einmal mit und einmal ohne „h": Welche Wörter sind gesucht und hören sich fast gleich an? Schreibe sie richtig neben den Erklärungen auf.

a Es ist ein riesiges Säugetier, das im Wasser lebt: *Wal*
Wenn man nur eine Möglichkeit hat, hat man keine ... *Wahl*

b Etwas, das viele Kinder gerne mit Stiften tun: *malen*
Das Korn wird ... *gemahlen*
Die Kinder rechnen Plus, Minus, ... *Mal*

c Ein großes, salziges Gewässer: *Meer*
Wir haben nicht genug Papier. Wir brauchen ... *mehr*

d Sie hat alles ausgetrunken, das Glas ist ... *leer*
Anderes Wort für unterrichten: *lehren*

e 3. Person Singular Präteritum von sein: *war*
Lino hat nicht gelogen, was er sagt, ist ... *wahr*

Lange und kurze Vokale

Vertiefung

Wörter mit tz und ck

Nach einem kurz gesprochenen Vokal oder Umlaut (ä, ö, ü) schreibst du meist **tz** (statt zz) und **ck** (statt kk).

Beispiele: Blitz, Pfütze Zucker, Päckchen

Nach einem Konsonanten, einem lang gesprochenen Vokal oder Doppellaut (au, äu, ai, ei, eu) schreibst du meist nur **z** und **k**.

Beispiele: Wurzel, duzen, Ehrgeiz merken, Paket, Schaukel

3 Setze „tz" oder „z" in die Lücken ein.

Kran*z*	hei*z*en	Ri*tz*e	rei*z*en	Schmu*tz*
Ker*z*e	Bre*z*el	Wi*tz*	kra*tz*en	kur*z*
Matra*tz*e	Ka*tz*e	Mär*z*	pu*tz*en	Gei*z*

4 Setze „ck" oder „k" in die Lücken ein.

dan*k*en	Ba*ck*e	Da*ck*el	entde*ck*en	Lü*ck*e
Glü*ck*	Par*k*	fli*ck*en	Pau*k*e	tro*ck*en

5 Finde in den Sätzen alle Fehler und streiche sie durch. Schreibe falsch geschriebene Wörter richtig auf die Linie.

Deine Kekse haben mir sehr gut ~~geschmekt~~. *geschmeckt*
Der Geschmack erinnert mich an meine ~~Lieblingsplätzchen~~. *Lieblingsplätzchen*
Ihre ~~Zahnlüke~~ sieht sehr frech aus. *Zahnlücke*
Es ist wirklich ~~nüzlich~~, dass du diese Regeln kennst. *nützlich*
Springt dein ~~Hertz~~ manchmal auch vor Freude? *Herz*
Sie macht gerne ~~Schertze~~. *Scherze*
Die ~~Kücken~~ sind gestern geschlüpft. *Küken*

Lange und kurze Vokale

Vertiefung

s, ss oder ß?

Hörst du nach einem lang gesprochenen Vokal, einem Umlaut oder einem Doppellaut ein **stimmhaftes (gesummtes) s**, schreibst du **s**.

Beispiele: lesen, Käse, Meise

Hörst du nach einem lang gesprochenen Vokal, einem Umlaut oder Doppellaut ein **stimmloses (gezischtes) s**, schreibst du meist **ß**. Das ß bleibt bei verwandten Wörtern erhalten.

Beispiel: Fuß, Fußball

Hörst du nach einem kurz gesprochenen Vokal ein **stimmloses (gezischtes) s**, schreibst du meist **ss**.

Beispiele: Riss, Wasser

6 Setze „s", „ss" oder „ß" in die Lücken ein.

Rei*s*e	lei*s*e	von hier bi*s*	Kla*ss*e	Bi*ss*	Genu*ss*
Krei*s*	Flei*ß*	Prei*s*	mei*s*t	Kai*s*er	gie*ß*en

7 Finde je mindestens drei Reimwörter mit „s", „ss" oder „ß".**

Klasse: *Kasse, Masse, Terrasse, Tasse*
groß: *Stoß, Floß, Kloß, bloß*
fressen: *essen, messen, pressen, Hessen*
Reise: *leise, Gleise, weise, Meise, Preise*

Ich kann jetzt ...	✓
... lange und kurze Vokale unterscheiden.	○
... die Regel für Doppelvokale anwenden.	○
... die Regel für Doppelkonsonanten anwenden.	○
... erkennen, ob ein Wort mit i, ih oder ie geschrieben wird.	○
... Wörter mit Dehnungs-h schreiben.	○
... erkennen, ob ein Wort mit tz oder z, ck oder k geschrieben wird.	○
... erkennen, ob ein Wort mit s, ss oder ß geschrieben wird.	○

** Beispiellösung

Wörter ableiten und verlängern

Test

1 Wie werden die Wörter am Ende geschrieben?
Setze „b“ oder „p“, „d“ oder „t“, „g“ oder „k“ ein.

Köni g (g/k)	Die b (b/p)	star k (g/k)
Bro t (d/t)	Ta g (g/k)	le b t (b/p)
Kor b (b/p)	Klei d (d/t)	We g (g/k)
le g t (g/k)	elegan t (d/t)	Rau b (b/p)
Mon d (d/t)	Ber g (g/k)	rä t (d/t)
Lan d (d/t)	Kin d (d/t)	Win d (d/t)

Tipp
zum Lösen der Aufgabe: Merkkasten 1 „Wörter mit b/p, d/t und g/k am Ende“

2 Bilde Adjektive, indem du die Endung „ig“ oder „lich“ verwendest.

Herz	→ herzlich	leben	→ lebendig
Mut	→ mutig	nerven	→ nervig/nervlich
Neugier	→ neugierig	Frucht	→ fruchtig
Frieden	→ friedlich	vergessen	→ vergesslich
Sport	→ sportlich	Grund	→ gründlich

Tipp
zum Lösen der Aufgabe: Merkkasten 2 „Adjektive mit -ig oder -lich“

3 Ergänze „Ent/ent“ oder „End/end“.

Das End spiel war sehr spannend.

Mit Ent setzen sah sie, dass der Sturm den schönen Baum entwurzelt hatte.

Sara wollte end lich ihre Freundin besuchen.

Der Dieb ent kam den Polizisten nicht.

Karim war von der Absage sehr ent täuscht.

Sie liefen am Ufer ent lang.

Der Film end ete mit einem überraschenden Happy End.

Tipp
zum Lösen der Aufgabe: Merkkasten 3 „Wörter mit end- und ent-“

92

Wörter ableiten und verlängern

Hinweis

1 Wörter mit b/p, d/t und g/k am Ende

Bei vielen Wörtern kannst du nicht hören, ob am Wortende **b** oder **p, d** oder **t, g** oder **k** geschrieben werden muss. Mithilfe der **Verlängerungsprobe** kannst du das herausfinden.

Bilde bei **Nomen** die Mehrzahl: der König → die Könige

Bilde bei **Verben** die Grundform: lobt → loben

Setze hinter **Adjektive** ein Nomen oder steigere es:

laut → der laute Junge — laut → lauter

1 Verlängere die Wörter und setze den passenden Buchstaben ein.

b oder p?

kle b t	→ kleben	pum p t	→ pumpen
pie p t	→ piepen	Sta b	→ die Stäbe
blei b t	→ bleiben	hu p t	→ hupen

g oder k?

Ban k	→ die Bänke	klu g	→ klüger, das kluge Kind
zei g t	→ zeigen	Spannun g	→ die Spannungen
Sprun g	→ die Sprünge	kran k	→ kränker, das kranke Kind

d oder t?

lä d t	→ laden	bun t	→ bunter, das bunte Buch
Aben d	→ die Abende	Elefan t	→ die Elefanten
Wal d	→ die Wälder	Fahrra d	→ die Fahrräder

Die Wörter „seid“ und „seit“ kannst du nicht verlängern. Merke dir: Das Wort „seid“ ist ein Verb und kommt von „sein“. Das Wort „seit“ dagegen drückt eine Zeitangabe aus.

93

Wörter ableiten und verlängern

Hinweis

2 Adjektive mit -ig oder -lich

Manchmal ist es schwierig zu hören, ob ein **Adjektiv** auf **-ig** oder **-lich** endet. Mithilfe der **Verlängerungsprobe** kannst du es herausfinden. Setze dazu hinter das Adjektiv ein Nomen.

Beispiele: freundlich → der freundliche Busfahrer
eklig → ein ekliger Geruch

2 Setze „ig“ oder „lich“ ein.

die gefähr lich e Fahrt	die hochnäs ig e Dame
die empfind lich e Pflanze	der fröh lich e Junge
der grimm ig e Verkäufer	der gier ig e Tiger
der mickr ig e Kaktus	das schreck lich e Monster
die nachdenk lich e Forscherin	das grusel ig e Gespenst
der nied lich e Hamster	das lust ig e Spiel
das gemüt lich e Zimmer	die durst ig e Sportlerin

3 Wörter mit end- und ent-

Mithilfe der Wortfamilie kannst du häufig herausfinden, ob ein Wort mit **End/end** oder **Ent/ent** geschrieben wird. Alle **Wörter mit End/end** sind **mit dem Wort Ende verwandt.**

Beispiele: **End**spurt, **end**los, Woche**nende**

3 Setze „End/end“ oder „Ent/ent“ in die Lücken ein.

ent geistert	un end lich	End station	ent wischen
ent laufen	voll end en	End ziffer	Ent scheidung
End ung	ent gegnen	end gültig	ent gegenkommen
End betrag	ent fernt	Ent haltung	End ergebnis
ent fachen	be end en	ent werfen	End phase

94

Wörter ableiten und verlängern

Vertiefung

Wörter mit ä und äu ableiten

Mithilfe von **Ableitungen** kannst du oftmals herausfinden, ob ein Wort mit **ä** oder **e**, **äu** oder **eu** geschrieben wird.

Beispiele: kräftig → Kraft
„kräftig“ wird mit **ä** geschrieben, da es von „Kraft“ kommt.
träumen → Traum
„träumen“ wird mit **äu** geschrieben, da es von „Traum“ kommt.

1 Finde eine Ableitung oder ein Wort aus der Wortfamilie und setze „ä“, „e“, „äu“ oder „eu“ in die Lücken ein. Gibt es keine Ableitung, setze einen Strich (–) ein.

Ä rzte	→ Arzt	w ä chst	→ wachsen
H eu	→ –	F e ll	→ –
Geb äu de	→ bauen	schn e ll	→ –
K ä se	→ –	f ä llt	→ fallen
H äu ser	→ Haus	F eu er	→ –
t ä glich	→ Tag	m ä chtig	→ Macht
B eu te	→ –	Pl ä ne	→ Plan

2 Finde in den Sätzen alle Rechtschreibfehler. Streiche die falsch geschriebenen Wörter durch und schreibe sie in die Spalte „Berichtigung“ richtig auf.

Achtung Fehler!	Berichtigung
Die ~~Äule~~ fliegt durch den dunklen Wald.	Eule
Schlangen ~~heuten~~ sich ~~regelmeßig~~.	häuten, regelmäßig
Hoffentlich scheint ~~häute~~ die Sonne ~~lenger~~.	heute, länger
Glaubst du an ~~Ungehäuer~~?	Ungeheuer
Das ~~Ketzchen~~ kletterte auf den Baum.	Kätzchen
Als es ~~leutet~~, läuft Emma schnell zur Tür.	läutet

95

Wörter ableiten und verlängern

Vertiefung

Wortfamilien bilden

Als **Wortfamilie** bezeichnet man Wörter, die den **gleichen Wortstamm** haben.

Beispiel: **sehen** **sehen**swert, weg**sehen**, Aus**sehen**, Ver**sehen**

Von der Wortfamilie kannst du ableiten, wie ein Wort geschrieben werden muss.

3 Bilde Wortfamilien: Ordne die Wörter richtig zu und markiere jeweils den Wortstamm.

Fahrschein • Abkommen • verkommen • Fahrrad • abfahren • fortfahren • erfahren • befahrbar • herausbekommen • Vorkommen • willkommen • bekommen

fahren Fahrschein, Fahrrad, abfahren, fortfahren, erfahren, befahrbar

kommen Abkommen, verkommen, herausbekommen, Vorkommen, willkommen, bekommen

Ich kann jetzt …	✓
… mithilfe von Verlängerungen erkennen, wann ein Wort mit b oder p, d oder t, g oder k am Ende geschrieben wird.	○
… mithilfe von Verlängerungen erkennen, welche Adjektive mit -ig oder -lich am Ende geschrieben werden.	○
… erkennen, wann ein Wort mit End/end oder Ent/ent geschrieben wird.	○
… mithilfe von Ableitungen erkennen, ob das Wort mit ä oder e, äu oder eu geschrieben wird.	○
… Wortfamilien bilden und sie für die Rechtschreibung nutzen.	○

96

2 Subjekt und Prädikat (Satzkern) erkennen

Jeder Satz hat mindestens zwei Satzglieder: das Subjekt und das Prädikat.

Nach dem **Subjekt** fragst du mit: **Wer oder was tut etwas?**

Nach dem **Prädikat** fragst du mit: **Was tut jemand? Was geschieht?**

Beispiel: Der Hund schläft.

Frage nach dem Subjekt: Wer oder was schläft?
Antwort: der Hund → Subjekt

Frage nach dem Prädikat: Was tut der Hund?
Antwort: schläft → Prädikat

Das Subjekt kann aus unterschiedlich vielen Wörtern bestehen.

Beispiele: **Die Lehrerin** ist nett. **Die junge Lehrerin** ist nett.

Auch das **Prädikat** kann aus mehreren Wörtern bestehen, die eine **Satzklammer** bilden.

Beispiele: Ich **schreibe** den Text fehlerfrei **ab**. Niklas **ist** gerade **gekommen**.

3 Frage nach dem unterstrichenen Satzglied.

a Mein Vater weckt uns jeden Morgen.

____

b Mia schaut ihre Freundin verblüfft an.

____

c Der Feuerwehrwagen fährt mit Blaulicht zum Waldbrand.

____

d Schnell laufen die Kinder zum Bus.

____

e Davids Kaninchen mag am liebsten Basilikumblätter.

____

f Else und ihr Bruder hängen ein neues Bild auf.

____

Dativobjekt (Wem-Ergänzung) und Akkusativobjekt (Wen/Was-Ergänzung) erkennen

Es gibt neben Subjekt und Prädikat noch andere Satzglieder: das Dativobjekt und das Akkusativobjekt. Sie geben **zusätzliche Informationen** und ergänzen den Satz.

Nach dem **Dativobjekt** fragst du mit: **Wem?**

Nach dem **Akkusativobjekt** fragst du mit: **Wen oder was?**

Beispiel: Der Opa erzählt seiner Enkelin eine Geschichte.

Frage nach dem Dativobjekt: Wem erzählt der Opa eine Geschichte?
Antwort: seiner Enkelin → Dativobjekt

Frage nach dem Akkusativobjekt: Wen oder was erzählt der Opa seiner Enkelin?
Antwort: eine Geschichte → Akkusativobjekt

1 Frage nach dem Dativobjekt. Schreibe die Frage auf und unterstreiche die Antwort im Aussagesatz.

Die Kinder helfen dem Hausmeister. Wem helfen die Kinder?

a Der Lehrer schenkt dem Geburtstagskind einen Hausaufgaben-Gutschein.

b Leo bringt meinem Onkel eine Kiste Äpfel.

2 Frage nach dem Akkusativobjekt. Schreibe die Frage auf und unterstreiche die Antwort im Aussagesatz.

Max räumt sein Zimmer auf. Wen oder was räumt Max auf?

a Sie streicheln das schwarze Kätzchen.

b Die Kinder planen eine Radtour.

3 Unterstreiche die Subjekte rot, die Prädikate blau, die Dativobjekte grün und die Akkusativobjekte gelb.

a Die Geschwister folgen den Spuren im Schnee.

b Im Wald finden die Freunde ein kleines Häuschen.

c Am frühen Abend holt die Mutter ihre Zwillingstöchter ab.

Ortsangabe (adverbiale Bestimmung des Ortes) und Zeitangabe (adverbiale Bestimmung der Zeit) erkennen

In vielen Sätzen findest du auch **Informationen zum Ort und zur Zeit.** Orts- und Zeitangaben sind ebenfalls Satzglieder.

Nach der **Ortsangabe** fragst du mit: **Wo? Woher? Wohin?**

Nach der **Zeitangabe** fragst du mit: **Wann? Wie oft? Wie lange?**

Beispiel: Die Vögel fliegen jedes Jahr in den Süden.

Frage nach der Ortsangabe: Wohin fliegen die Vögel jedes Jahr?
Antwort: in den Süden → Ortsangabe

Frage nach der Zeitangabe: Wann fliegen die Vögel in den Süden?
Antwort: jedes Jahr → Zeitangabe

4 Unterstreiche in jedem Satz die Ortsangabe und notiere die passende Frage.

Die 4a entdeckt <u>hinter der Turnhalle</u> ein kleines Vogelnest.

Wo entdeckt die 4a ein kleines Vogelnest?

a Die Familie fuhr im Sommer nach Italien.

____

b Die Besucherinnen und Besucher kamen aus Zürich.

____

c Der Swimmingpool wird jedes Jahr im Garten aufgebaut.

____

d Das schmutzige Geschirr ist in der Spülmaschine.

____

5 Unterstreiche in jedem Satz die Zeitangabe und notiere die passende Frage.

Nächsten Freitag gehen wir ins Fußballstadion.

Wohin gehen wir nächsten Freitag?

a Die Freunde reisten drei Wochen mit Rucksäcken durch das Land.

b Übermorgen beginnen die Ferien.

c Sie trainieren häufig.

d In den ersten zwei Augustwochen kann man Sternschnuppen besonders gut sehen.

6 Unterstreiche in den Ausgangssätzen die Orts- und Zeitangaben. Schreibe sie anschließend auf und bestimme sie.

Jacline und Lena lernten sich vor vielen Jahren kennen.

vor vielen Jahren = Zeitangabe

a Nach der Schule wollen Emir und Katarina einen Schneemann im Garten bauen.

b Im Sommer kann ich nachts wegen der Hitze in meinem Zimmer kaum schlafen.

c Durch den Sturm fielen im Wald so viele Bäume um, dass dieser für mehr als drei Wochen gesperrt wurde.

7 Unterstreiche die Subjekte rot, die Prädikate blau, die Ortsangaben lila und die Zeitangaben grau.

a Sie feiern Hakans Geburtstag in der Schule.

b Matti fährt mit seinem Fahrrad in die Stadt.

c Heute sehen wir uns endlich wieder.

d Aus dem Wald hören sie Stimmen.

e Am Wochenende gehen wir in den Zoo.

f Zweimal in der Woche spielen Mila, Pauline und Luisa Handball.

g Mio geht im Sommer jeden Tag zum See und schwimmt dort.

8 Trenne die Satzglieder in den Sätzen mit einem senkrechten Strich (|) voneinander ab und bestimme sie.

Subjekt = S	Prädikat = P	Dativobjekt = DO
Akkusativobjekt = AO	Ortsangabe = O	Zeitangabe = Z

Die Schülerinnen und Schüler | lieben | die Sportveranstaltung | im Sommer.

S P AO Z

a Das rote Fahrrad gehörte früher meiner Nachbarin.

b Im Zirkus beobachtete Finn nachmittags die Artisten.

c Jeden Mittwoch probten sie mehrere Stunden in der Aula.

Ich kann jetzt …	✓
… durch Umstellen die Satzglieder eines Satzes erkennen.	◯
… das Subjekt und Prädikat erkennen und danach fragen.	◯
… Dativobjekte und Akkusativobjekte erkennen und danach fragen.	◯
… Orts- und Zeitangaben erkennen und danach fragen.	◯

1 Um welche Satzart handelt es sich? Setze das passende Satzzeichen in das Kästchen ein und schreibe die Satzart auf (Aussagesatz, Aufforderungssatz, Ausrufesatz oder Fragesatz).

a Juhu ☐ ____________

b Möchtest du heute zu mir kommen ☐ ____________

c Mach das Fenster zu ☐ ____________

d Ich möchte noch ein Eis essen ☐ ____________

e Pfui ☐ ____________

f Heute Abend gehe ich früher ins Bett ☐ ____________

g Weg da ☐ ____________

Tipp zum Lösen der Aufgabe Merkkasten 1 „Satzarten und Satzschlusszeichen"

2 Unterstreiche die gleichartigen Wörter in den Aufzählungen und füge Kommas ein, wo es notwendig ist.

Tipp zum Lösen der Aufgabe: Merkkasten 2 „Kommas bei Aufzählungen"

In meinem Klassenraum stehen viele Tische Stühle Regale und Schränke. An der einen Wand hängen Steckbriefe und Fotos von allen Schülerinnen und Schülern der Klasse. An der anderen Wand kleben viele Plakate Bilder unser Stundenplan und ein Zettel mit den Nachmittags-angeboten. Dazu gehören beispielsweise die Arbeits-gemeinschaften Judo Schach Gartenarbeit und Kunst.

In meiner Klasse gibt es 12 Mädchen 15 Jungen und einen Schulhund. Frau Müller ist unsere Klassenlehrerin. Sie unterrichtet bei uns die Fächer Deutsch Mathe Sachunterricht und Kunst. Meine Lieblingsfächer sind Deutsch Kunst und Sport.

1 Satzarten und Satzschlusszeichen

Ein **Aussagesatz** wird auch **Erzählsatz** genannt. Du machst damit eine Aussage oder **berichtest** über etwas. Nach einem Aussagesatz steht ein **Punkt**.

Beispiel: Ich lese ein spannendes Buch.

Mit einem **Fragesatz** stellst du eine **Frage** und möchtest eine Information oder eine Antwort erhalten. Nach einem Fragesatz steht ein **Fragezeichen**.

Beispiel: Wie heißt du?

Mit einem **Aufforderungssatz forderst** du etwas ein. Mit einem **Ausrufesatz rufst** du etwas aus. Nach einem Aufforderungs- oder Ausrufesatz steht ein **Ausrufezeichen**.

Beispiel: Sei endlich still! (Aufforderungssatz) Igitt, wie eklig! (Ausrufesatz)

1 Bestimme die Satzart und setze ein passendes Satzschlusszeichen ein.

a Ich trinke gern Kakao___ ______________________

b Möchtest du noch länger schlafen___ ______________________

c Tu das nicht___ ______________________

d Nein___ ______________________

2 Kommas bei Aufzählungen

Wenn mehrere gleichartige Wörter (z. B. mehrere Nomen, Verben oder Adjektive) hintereinanderstehen, spricht man von einer Aufzählung. Die Wörter einer **Aufzählung trennst du** mit einem **Komma** ab.

Beispiele: Ich trinke gerne Wasser, Apfelsaft und Kakao.
Meine Hobbys sind reiten, lesen und zeichnen.
Es gab rote, gelbe, blaue und lila Blumen.

Steht zwischen den aufgezählten Wörtern „**und**", „**oder**" oder „**sowie**", dann wird **kein Komma** gesetzt.

2 Ergänze die fehlenden Kommas.

In meiner Freizeit spiele ich Handball Tennis sowie Fußball und treffe mich gerne mit anderen. Zu Hause helfe ich oft meinem Papa spiele mit meinen beiden Brüdern puzzle male mit Wasserfarben oder lese.

Wörtliche Rede und Satzzeichen

Mithilfe der wörtlichen Rede zeigst du an, dass jemand etwas **sagt, berichtet** oder **fragt**.

(!) Die **wörtliche Rede** wird immer **in Anführungszeichen** gesetzt.

Der **Redebegleitsatz** kann an unterschiedlichen Stellen stehen.

1. Wenn der Redebegleitsatz **vor der wörtlichen Rede** steht, setzt du einen **Doppelpunkt**.

   Beispiel:

   Mama sagt: „Ich fahre dich später zu Luisa."

   Redebegleitsatz — wörtliche Rede

2. Wenn der Redebegleitsatz **hinter der wörtlichen Rede** steht, trennst du wörtliche Rede und Redebegleitsatz durch ein **Komma**.

   Beispiele:

   „Ich fahre dich später zu Luisa", sagt Mama.

   wörtliche Rede (Aussagesatz) — Redebegleitsatz

   „Soll ich dich später zu Luisa fahren?", fragt Mama.

   wörtliche Rede (Fragesatz) — Redebegleitsatz

   „Oh je, ich habe ganz vergessen, dich zu Luisa zu fahren!", ruft Mama.

   wörtliche Rede (Ausrufesatz) — Redebegleitsatz

(!) Wenn die wörtliche Rede ein Aussagesatz ist, lässt du den Punkt weg. Wenn die wörtliche Rede ein Fragesatz, ein Ausrufesatz oder ein Aufforderungssatz ist, bleiben Fragezeichen oder Ausrufezeichen stehen.

3. Wenn der Redebegleitsatz **eingeschoben** wird, trennst du den Redebegleitsatz von der wörtlichen Rede durch **zwei Kommas**.

   Beispiel:

   „Ich fahre dich zu Luisa", erklärt mir Mama, „aber erst später."

   wörtliche Rede — Redebegleitsatz — wörtliche Rede

(!) Die wörtliche Rede wird jedes Mal in Anführungszeichen gesetzt.

1 Unterstreiche den Redebegleitsatz.

„Können wir uns heute treffen?“, fragt Mona ihre Freundin Jule.
„Ja, gerne“, sagt Jule und überlegt kurz, „so gegen 16 Uhr?“
Mona jubelt: „Ja, prima! Dann kannst du mir endlich dein neues Zimmer zeigen!“
„Einverstanden!“, sagt Jule lächelnd und winkt Mona zu.

2 Schreibe die Sprechblasen als wörtliche Rede. Setze den Redebegleitsatz vor die wörtliche Rede.

Kommst du zu Nadjas Geburtstagsparty?

Gerne. Ich habe mir schon ein tolles Geschenk für Nadja überlegt!

Ja, lass uns doch zusammen hingehen.

Leo fragt: ____

____

____

____

3 Unterstreiche die Redebegleitsätze und setze Doppelpunkte, Anführungszeichen und Satzzeichen richtig ein.

Liam, der Torschütze, jubelt___ ___Tor___ ___
___Was für ein genialer Doppelpass___ ___ ___ freut sich Ben und klatscht seinen Freund ab.
___Jungs___ ___feuert der Trainer sie an___ ___genau so will ich euch sehen___ ___
Liam grinst___ ___Kein Problem, Coach___ ___
___Wir machen das einfach gleich noch mal___ ___schlägt Ben vor___
___oder, Liam___ ___

Und tatsächlich, als das Spiel eine Viertelstunde später abgepfiffen wird, steht es 3:1 für ihre Mannschaft.

__Ihr wart großartig! Alle! Jeder hat alles für das Team gegeben! Ich bin so stolz auf euch__ __ __freut sich der Trainer und springt immer wieder strahlend in die Luft. __Zieht euch schnell um! Ich lade euch alle auf ein kaltes Getränk ein__ __

Kommasetzung bei Bindewörtern (Konjunktionen)

Bindewörter können Sätze miteinander verbinden. Vor vielen Bindewörtern musst du ein **Komma** setzen. Das sind beispielsweise: **dass, wenn, weil, als.**

Beispiele: Ich hoffe, **dass** es dir ganz schnell wieder besser geht.

Ich bringe dir etwas mit, **wenn** ich einkaufen gehe.

Sie kommt etwas später, **weil** sie noch Gitarre üben will.

Er wollte gerade losgehen, **als** das Telefon klingelte.

(!) Ein dass-Satz ist nicht dasselbe wie ein das-Satz. Bei einem das-Satz kannst du „das" durch „dieses", „jenes" oder „welches" ersetzen.

Beispiel: Das Mädchen, das den roten Rock trägt, ist sehr nett.

Das Mädchen, welches den roten Rock trägt, ist sehr nett.

Vor den Bindewörtern **und, oder, sowie** steht **kein Komma.**

4 Setze „wenn", „weil", „als" oder „dass" passend ein und kreise die Kommas davor ein.

a Ich denke , __________ dir mein Geschenk gefallen wird.

b Wir können eine Radtour machen , __________ ich mein Fahrrad repariert habe.

c Du musst mir genau zuhören , __________ du sonst den Weg nicht findest.

d Der Hund sprang freudig auf , __________ Justin das Haus betrat.

e Raschid hofft , __________ er später einmal ein berühmter Forscher wird.

f Opa Schöttelbeck ist sehr enttäuscht , __________ seine Lieblingsmannschaft verloren hat.

g Kim versprach, seine Mutter zu besuchen , __________ er von seiner Reise zurück ist.

5 Schreibe in die Lücken ein passendes Bindewort (und, oder, sowie, weil, wenn, dass, als) und setze die nötigen Kommas.

a Ich glaube___ ______________ du mir die Wahrheit sagst.

b Wir benötigen noch Äpfel___ Mandeln___ Sahne ______________ Zucker für unseren Nachtisch.

c Schreibt ihr die Deutscharbeit morgen ______________ erst am Freitag?

d Hakan strahlt über beide Ohren___ ______________ er sich einen Hund aussuchen darf.

e Tim ist traurig___ ______________ er sich mit seinem besten Freund gestritten hat.

f Müssen wir jetzt links___ rechts ______________ geradeaus gehen?

g Seine Lieblingsfächer sind Mathe___ Sport ______________ Kunst.

h Ich kann heute nicht zum Sport gehen___ ______________ ich Halsschmerzen habe.

i Meinst du wirklich___ ______________ du etwas gehört hast?

j Ich freue mich sehr___ ______________ du mit mir ins Kino gehst.

k Wusstest du___ ______________ Tintenfische eine dunkle Flüssigkeit ausstoßen___ ______________ Gefahr droht?

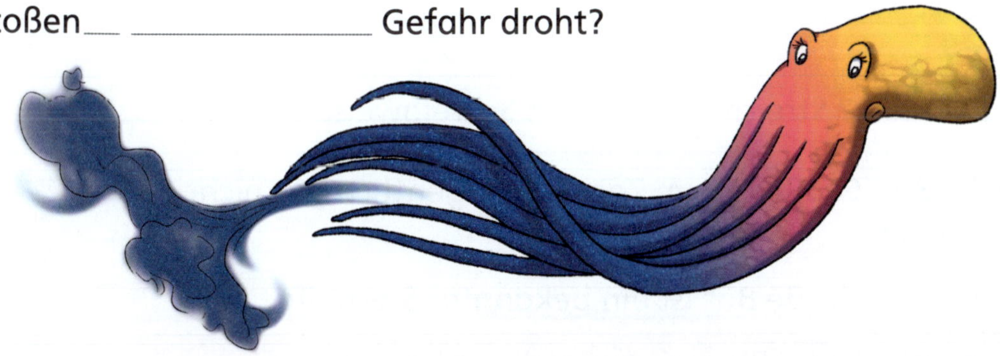

Ich kann jetzt …	✓
… Satzarten unterscheiden.	◯
… das passende Satzzeichen, je nach Satzart, einsetzen.	◯
… Kommas bei Aufzählungen setzen.	◯
… Redebegleitsätze erkennen.	◯
… Satzzeichen bei wörtlicher Rede setzen.	◯
… notwendige Kommas bei Bindewörtern zwischen zwei Sätzen setzen.	◯

1 Achtung Fehlertext! Finde 12 weitere Wörter, die großgeschrieben werden müssen, und korrigiere sie.

~~h~~ H eute Nacht schlief ich schlecht. Ständig hörte ich draußen seltsame Geräusche und das Toben des Sturms. Um mitternacht gab es plötzlich einen heftigen Knall. dann hörte ich schritte, die immer näher kamen. Vor schreck hielt ich die luft an. Meine zimmertür quietschte und in der dunkelheit sah ich eine Gestalt.

„Schatz, ich bin's. Deine Mama. Ist bei dir alles gut?"

Vor erleichterung stöhnte ich laut auf, schaltete das Licht an und setzte mich aufrecht hin. „Du darfst mich nie wieder so erschrecken, Mama!"

„Tut mir leid! Es gab diesen lauten Knall und ich wollte sehen, ob bei dir alles in ordnung ist. Ein baum ist wegen des sturms umgestürzt", erklärte mir Mama.

Die restliche Nacht schlief ich bei meinen eltern im Bett.

Tipp

zum Lösen der Aufgabe: Merkkasten 1 „Großschreibung von Satzanfängen und Nomen"

2 Groß oder klein? Streiche die falsche Schreibweise durch.

a Der große Bär/Große Bär im Zoo sieht eigentlich gar nicht gefährlich aus.

b Der große Bär/Große Bär ist ein bekanntes Sternbild.

c Der bayerische Wald/Bayerische Wald ist immer einen Besuch wert.

d Ich esse sehr gerne milden Käse/Milden Käse.

e Der schiefe Turm von Pisa/Schiefe Turm von Pisa ist wirklich schief.

f Sie wohnen in der frankfurter Straße/Frankfurter Straße.

g Schmecken dir nürnberger Lebkuchen/Nürnberger Lebkuchen?

h Meine Familie liebt italienische Wurst/Italienische Wurst.

Tipp

zum Lösen der Aufgabe: Merkkasten 2 „Großschreibung von Eigennamen"

1 Großschreibung von Satzanfängen und Nomen

Jedes Wort **am Satzanfang** schreibst du **groß**.

Beispiel: Gestern haben wir eine Nachtwanderung gemacht.

Nomen werden immer **großgeschrieben**. Häufig steht vor einem Nomen ein **Artikel** (der, die, das, ein, eine).

Beispiel: **Die** Bäume sahen gespenstisch aus.

(!) Achte auch auf **versteckte Artikel**, wie beispielsweise **zum** und **beim**.

Beispiel: Wir wanderten bis **zum** Forsthaus.

beim = bei dem
zum = zu dem
zur = zu der
ins = in das
ans = an das

1 Setze den richtigen Anfangsbuchstaben in die Lücke ein.

a Beim F rühstück (f/F) erzählte sie uns von der ____anderung (w/W).

b ____öchtest (m/M) du gerne malen oder ____töberst (s/S) du lieber in den Büchern?

c Vom ____enster (f/F) aus beobachtet er ein ____ichhörnchen (e/E).

d Die Nacht war sehr klar. ____o (s/S) konnten sie viele Sternbilder am ____immel (h/H) entdecken.

2 Notiere, warum du dich in **Aufgabe 1** für die Großschreibung oder die Kleinschreibung entschieden hast.

a Vor „Frühstück" steht ein versteckter Artikel (beim).
____

b ____________________
____

c ____________________
____

d ____________________
____

2 Großschreibung von Eigennamen

Auch **Eigennamen**, zum Beispiel von Personen, Orten, Flüssen, Straßen oder Sternbildern, werden **großgeschrieben**.

Beispiele: der Thüringer Wald, der Schiefe Turm von Pisa

Bei beiden Beispielen ist eine bestimmte Sache gemeint und nicht irgendein Wald oder irgendein Turm. Daher werden die Wörter großgeschrieben.

3 Wie werden die unterstrichenen Wörter geschrieben? Kreuze an.

	Kleinschreibung	Großschreibung
Kennst du LÜBECKER Marzipan?		
Die ALTE Burg ist etwas gruselig.		
Sie hat die ROTE Karte wirklich verdient.		
Die DEUTSCHE Post ist überall bekannt.		
Der KLEINE Wagen von meinem Nachbarn macht komische Geräusche.		
Muss der SCHWEIZER Käse immer so stark riechen?		
Auch der KLEINE Wagen ist ein Sternbild.		
Die ALTE Vase ist zum Glück kaputt.		
Das TOTE Meer hat einen seltsamen Namen.		
Die Adresse ist: AM Schlossplatz 8.		
Heinrich der ACHTE hatte viele Ehefrauen.		
Meine Oma hatte SECHS Geschwister.		
Die AUGSBURGER Puppenkiste ist ein berühmtes Marionettentheater.		
San Francisco liegt am PAZIFISCHEN Ozean.		
Jan trinkt am liebsten SCHWARZEN Tee.		

Die Artikelprobe

Mithilfe der **Artikelprobe** kannst du herausfinden, ob du ein Wort groß- oder kleinschreiben musst.

Wenn du vor ein Wort einen Artikel setzen kannst, ist es ein Nomen und muss großgeschrieben werden.

Beispiel: Leonie mag GESCHENKE. Leonie mag **die G**eschenke.

1 Streiche in jedem Satz das falsch geschriebene Wort durch und schreibe es zusammen mit dem bestimmten Artikel richtig auf die Linie.

Er lacht gerne über lustige witze. ____________

Bei Welpen braucht man immer viel geduld. ____________

Er benötigt geld, um sich neue Schuhe zu kaufen. ____________

Als Kind aß ihre Schwester jeden Tag eis. ____________

Das Kleinkind spielt am liebsten ball. ____________

Ida sammelt informationen über Vulkane. ____________

2 Nomen können in der Einzahl oder Mehrzahl stehen. Finde für die korrigierten Nomen aus **Aufgabe 1** die Einzahl oder die Mehrzahl und schreibe sie auf.

____

____

____

____

____

____

Achtung:
Zu einigen Nomen gibt es keine Mehrzahl, zum Beispiel „Freude“ oder „Obst“.

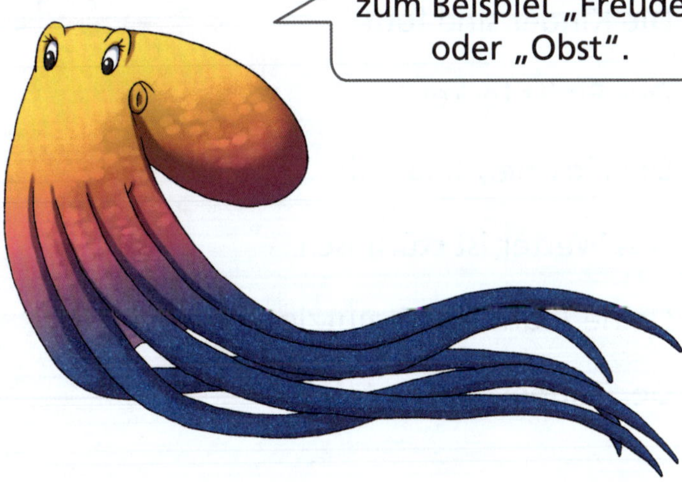

Die Adjektivprobe

Mithilfe der **Adjektivprobe** kannst du herausfinden, ob du ein Wort groß- oder kleinschreiben musst.

Wenn du vor ein Wort ein Adjektiv setzen kannst, ist es ein Nomen und muss großgeschrieben werden.

Beispiel: Leonie mag OHRRINGE. Leonie mag **bunte O**hrringe.

(!) Achte darauf, dass das Adjektiv vor dem Nomen eine zusätzliche Endung bekommt.

Beispiel: bunt → bunt**e** Ohrringe

3 Überprüfe, ob das Wort ein Nomen ist: Setze, wenn möglich, vor die Wörter einen Artikel und ein passendes Adjektiv aus dem Kasten.

lustig • schnell • warm • gesund • klein • lockig

______	JACKE	______	VORGELAUFEN
______	KALT	______	SCHWIMMT
______	OBST	______	HAARE
______	LÄUFER	______	STÜRMISCH
______	MÄUSCHEN	______	CLOWN

4 Schreibe die Sätze so um, dass das Adjektiv vor dem Nomen steht. Unterstreiche die Endung des Adjektivs.

Die Kinder sind laut.	→	die lauten Kinder
Das Eis ist lecker.	→	______
Die Flaschen sind voll.	→	______
Das Wetter ist stürmisch.	→	______
Deine Jeans ist schmutzig.	→	______
Der Zaubertrick ist toll.	→	______

Typische Endungen von Nomen

Mithilfe von **Wortendungen** kannst du erkennen, ob das Wort ein **Nomen** ist und daher großgeschrieben werden muss. Diese Endungen sind: **-ung, -heit, -keit, -nis, -schaft, -tum**.

Weitere typische Endungen sind die **Verkleinerungsformen -chen** und **-lein**.

Beispiele: Überraschung, Gesundheit, Fröhlichkeit, Ereignis, Freundschaft, Reichtum, Blümchen, Kindlein

5 Finde in dem Text alle Nomen und Eigennamen und unterstreiche sie.

LOU UND FREDERIK WOLLEN AUF DEN HOHEN BAUM KLETTERN. UM KEINE BÖSE ÜBERRASCHUNG ZU ERLEBEN, SIND SIE SEHR VORSICHTIG. IHRE ELTERN ERZÄHLTEN IMMER WIEDER VON IHRER KINDHEIT, ALS SIE DIE WÄLDER UNSICHER GEMACHT HABEN. „BESTIMMT WAREN ES EHER BÄUMCHEN, AUF DIE SIE GEKLETTERT SIND", WITZELT LOU.

ER IST SCHON RECHT HOCH GEKLETTERT, ALS ES PLÖTZLICH WINDIG WIRD UND DIE DÜNNEN BÄUME NEBEN IHM GEFÄHRLICH HIN UND HER SCHWANKEN. „PASS AUF!", RUFT FREDERIK SEINEM BRUDER ZU. DOCH DANN PASSIERT ES: EIN AST STÜRZT VON OBEN AUF LOU HINAB, ER VERLIERT DAS GLEICHGEWICHT UND STÜRZT.

ZUM GLÜCK SIND GERADE ZWEI SPAZIERGÄNGER IN DER NÄHE UND RUFEN SOFORT EINEN KRANKENWAGEN. KURZE ZEIT SPÄTER IST DIE NOTÄRZTIN DR. SCHNELLE DA. „DU HAST NOCHMAL GLÜCK GEHABT", ERKLÄRT SIE, NACHDEM SIE LOU UNTERSUCHT HAT. „VERMUTLICH IST NICHTS GEBROCHEN. ABER DIE VERLETZUNG AM KOPF MUSS IM KRANKENHAUS NOCH GENÄHT WERDEN." LOU SCHAUT SEINEN BRUDER ERLEICHTERT AN: „DEMNÄCHST NEHMEN WIR VIELLEICHT DOCH LIEBER EINEN KLEINEREN BAUM."

6 Schreibe alle Nomen von **Aufgabe 5** auf, die eine typische Endung für Nomen haben. Schreibe vor die Nomen den bestimmten Artikel.

7 Trage die Nomen von **Aufgabe 5** auf Seite 83 in die Tabelle ein und ergänze die fehlenden Formen, wenn möglich. Schreibe vor die Nomen den bestimmten Artikel.

Nomen in der Einzahl	Nomen in der Mehrzahl	Verkleinerungsform
der Baum	die Bäume	das Bäumchen

Ich kann jetzt …	✓
… Satzanfänge, Nomen und Eigennamen erkennen und sie großschreiben.	○
… die Artikelprobe anwenden.	○
… die Adjektivprobe anwenden.	○
… Nomen an ihren typischen Endungen erkennen.	○

1 Lies die folgenden Wörter laut. Unterstreiche lang gesprochene Vokale mit einem Strich und setze unter kurz gesprochene Vokale einen Punkt.

Topf Wut Duft Schluss zahm Wort Tal Gruß

Tipp zum Lösen der Aufgabe: Merkkasten 1 „Lang und kurz gesprochene Vokale (Selbstlaute)"

2 Einzelvokal oder Doppelvokal? Ergänze die Lücken.

e • ee • a • aa • o • oo

das B___t der T___g das T___r die S___t die F___

der Z___ das H___r das M___s das L___s der St___g

Tipp zum Lösen der Aufgabe: Merkkasten 2 „Doppelvokale"

3 Einzelkonsonant oder Doppelkonsonant? Ergänze die Lücken.

n oder nn ?	der To___	die To___e
	die So___e	der Ma___
l oder ll ?	der Abfa___	der Wa___fisch
	der Burgwa___	der Te___er
s oder ss ?	das Lo___	der Flu___
	der Schlu___	die Flu___e
m oder mm ?	der Sa___en	die Hu___el
	der So___er	die Su___e
t oder tt ?	die Wa___e	die Saa___
	das We___er	die Bi___e
p oder pp ?	die Tre___e	das Sto___schild
	die Pu___e	die Hu___e

Tipp zum Lösen der Aufgabe: Merkkasten 3 „Doppelkonsonanten"

4 Lies die Wörter laut und höre, ob der i-Laut lang oder kurz gesprochen wird. Setze dann „i", „ie" oder „ih" in die Lücken ein.

___mmer Z___mmer ___nen Fr___de F___ber

N___re M___te bl___b w___nzig n___mand

Tipp zum Lösen der Aufgabe: Merkkasten 4 „Wörter mit i, ie und ih"

1 Lang und kurz gesprochene Vokale (Selbstlaute)

Als **Vokale** (Selbstlaute) bezeichnet man die Buchstaben **a, e, i, o** und **u.**

Vokale können lang oder kurz gesprochen werden. Du kannst sie beim Hören meist gut unterscheiden.

Beispiele für Wörter mit **lang** gesprochenem Vokal: Frage, geben, knobeln

Beispiele für Wörter mit **kurz** gesprochenem Vokal: Land, setzen, Knopf

1 Langer oder kurzer Vokal? Ordne die Wörter richtig zu.

Luft • Bad • Stamm • Mut • Fuß • gut • Wand • schlank

Wörter mit kurz gesprochenem Vokal: ______________________

Wörter mit lang gesprochenem Vokal: ______________________

2 Doppelvokale

Meistens schreibt man **lang** gesprochene Vokale nur mit einem Buchstaben.

Beispiele: Schule, malen

Es gibt aber auch Wörter, bei denen der lang gesprochene Vokal **verdoppelt** wird.

Beispiele: das Meer, das Boot

2 Welches Wort mit Doppelvokal ist jeweils gesucht? Löse das Rätsel.

① Auf dem Kopf hast du viele …

② Anderes Wort für „blöd"

③ Gerät, um das Gewicht zu messen

④ Heißes Getränk

⑤ Damit wäschst du deine Haare.

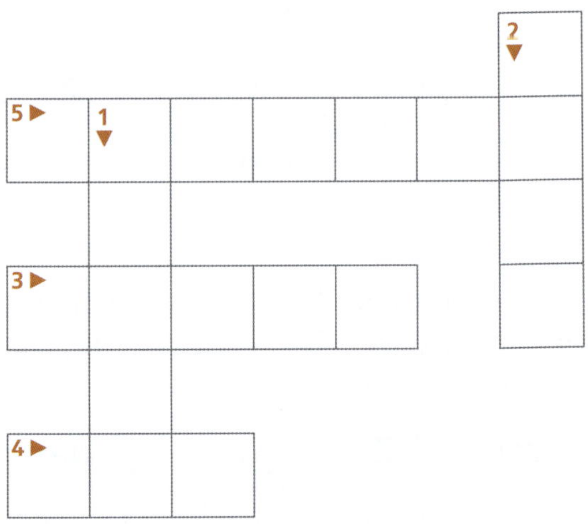

3 Doppelkonsonanten

Als **Konsonanten** (Mitlaute) bezeichnet man alle Buchstaben des Alphabets, außer den Vokalen.

Einen **Doppelkonsonanten** schreibst du meist nach einem **kurz** gesprochenen Vokal. Du kannst den Doppelkonsonanten hören, wenn du das **Wort in Silben** sprichst.

Beispiel: Tre**p-p**e

ⓘ Wird ein Wort mit Doppelkonsonant geschrieben, haben auch die **Wörter aus der Wortfamilie** meistens einen Doppelkonsonanten.

Beispiel: fallen, der Fall, der Gefallen

3 Finde Reimwörter und schreibe sie auf.

Schiff	**wollen**	**kennen**
G	r	r
R	s	be
Pf	gr	br

Masse	**Himmel**	**wippen**
K	Sch	n
G	Ge	k
T	Ge	t

4 Wörter mit i, ie und ih

Oft werden Wörter mit einem **lang** gesprochenen i-Laut mit **ie** geschrieben.

Beispiele: mies, tief

Einige Verben verändern ihren Stammvokal und bilden das Präteritum mit **ie**.

Beispiele: er schreibt – er schr**ie**b, sie lässt – sie l**ie**ß

Nur die wenigsten Wörter mit einem lang gesprochenen i-Laut werden mit **ih** oder **i** geschrieben.

Beispiele: **ih**nen, **ih**re, Mus**i**k, Ol**i**ve

4 Finde in den Sätzen die Fehler, streiche sie durch und schreibe die Wörter in der Spalte „Berichtigung" richtig auf.

Achtung Fehler!	Berichtigung
Ich warte schon so lange auf deinen Brif.	
Wie lif dein erster Tag in der Schule?	
Die Zihtrone schmeckt sehr bitter.	
Der Tieger sitzt auf der Wiese.	
Ich liebe grüne Olieven.	
„Kann ich Ienen helfen?"	
Ich esse gerne Honieg, aber keine Zwibeln.	
Er ist so groß wie ein Rihse.	
Sein Augenlied ist geschwollen.	
Diese Lider habe ich schon im Kindergarten gehört.	
Schon wieder hat unsere Liferung Verspätung.	

5 In dem Suchsel sind neun Wörter mit lang gesprochenem i-Laut versteckt. Kreise sie ein und schreibe sie auf.

T	R	A	N	S	P	O	R	T	I	E	R	E	N
I	G	H	K	V	M	O	S	L	P	L	O	E	R
E	M	A	S	C	H	I	N	E	K	I	S	Z	V
F	R	I	E	R	E	N	Q	A	D	T	I	W	I
V	G	R	A	T	U	L	I	E	R	E	N	F	E
B	J	X	N	L	S	S	E	L	T	R	E	T	R
A	P	F	E	L	S	I	N	E	Q	Y	B	U	L

Wörter mit „ie": ____________________

Wörter mit „i": ____________________

Lang gesprochene Vokale mit Dehnungs-h

Einige Wörter mit **lang** gesprochenem Vokal werden mit **Dehnungs-h** geschrieben. Da du das **h** nicht hören kannst, wird es auch als **stummes h** bezeichnet.

Beispiele: die Bahn, der Sohn

Das Dehnungs-h steht **häufig vor den Buchstaben l, m, n** und **r.**

1 Werden diese Wörter mit einem Dehnungs-h geschrieben? Falls ja, setze ein „h" ein.

Me___l	Schnu___r	Stu___rm	O___r
Fa___rt	Ta___l	Sta___l	wi___r
wü___tend	So___le	le___sen	we___ren
Sie___b	E___re	Bee___re	wä___len

2 Einmal mit und einmal ohne „h": Welche Wörter sind gesucht und hören sich fast gleich an? Schreibe sie richtig neben den Erklärungen auf.

a Es ist ein riesiges Säugetier, das im Wasser lebt: W___

Wenn man nur eine Möglichkeit hat, hat man keine … ___

b Etwas, das viele Kinder gerne mit Stiften tun: m___

Das Korn wird … ___

Die Kinder rechnen Plus, Minus, … ___

c Ein großes, salziges Gewässer: M___

Wir haben nicht genug Papier. Wir brauchen … ___

d Sie hat alles ausgetrunken, das Glas ist … l___

Anderes Wort für unterrichten: ___

e 3. Person Singular Präteritum von sein: w___

Lino hat nicht gelogen, was er sagt, ist … ___

Wörter mit tz und ck

Nach einem kurz gesprochenen Vokal oder Umlaut (ä, ö, ü) schreibst du meist **tz** (statt zz) und **ck** (statt kk).

Beispiele: Bl**i**tz, Pf**ü**tze Z**u**cker, P**ä**ckchen

Nach einem Konsonanten, einem lang gesprochenen Vokal oder Doppellaut (au, äu, ai, ei, eu) schreibst du meist nur **z** und **k**.

Beispiele: Wurzel, duzen, Ehrgeiz merken, Paket, Schaukel

3 Setze „tz" oder „z" in die Lücken ein.

Kran___	hei___en	Ri___e	rei___en	Schmu___
Ker___e	Bre___el	Wi___	kra___en	kur___
Matra___e	Ka___e	Mär___	pu___en	Gei___

4 Setze „ck" oder „k" in die Lücken ein.

dan___en	Ba___e	Da___el	entde___en	Lü___e
Glü___	Par___	fli___en	Pau___e	tro___en

5 Finde in den Sätzen alle Fehler und streiche sie durch. Schreibe falsch geschriebene Wörter richtig auf die Linie.

Deine Kekse haben mir sehr gut geschmekt. ______________

Der Geschmack erinnert mich an meine Lieblingspläzchen. ______________

Ihre Zahnlüke sieht sehr frech aus. ______________

Es ist wirklich nüzlich, dass du diese Regeln kennst. ______________

Springt dein Hertz manchmal auch vor Freude? ______________

Sie macht gerne Schertze. ______________

Die Kücken sind gestern geschlüpft. ______________

s, ss oder ß?

Hörst du nach einem lang gesprochenen Vokal, einem Umlaut oder einem Doppellaut ein **stimmhaftes (gesummtes) s**, schreibst du **s**.

Beispiele: lesen, Käse, Meise

Hörst du nach einem lang gesprochenen Vokal, einem Umlaut oder Doppellaut ein **stimmloses (gezischtes) s**, schreibst du meist **ß**.
Das ß bleibt bei verwandten Wörtern erhalten.

Beispiel: Fuß, Fußball

Hörst du nach einem kurz gesprochenen Vokal ein **stimmloses (gezischtes) s**, schreibst du meist **ss**.

Beispiele: Riss, Wasser

6 Setze „s“, „ss“ oder „ß“ in die Lücken ein.

Rei___e	lei___e	von hier bi___	Kla___e	Bi___	Genu___
Krei___	Flei___	Prei___	mei___t	Kai___er	gie___en

7 Finde je mindestens drei Reimwörter mit „s“, „ss“ oder „ß“.

Klasse: ____________________

groß: ____________________

fressen: ____________________

Reise: ____________________

Ich kann jetzt …	✓
… lange und kurze Vokale unterscheiden.	○
… die Regel für Doppelvokale anwenden.	○
… die Regel für Doppelkonsonanten anwenden.	○
… erkennen, ob ein Wort mit i, ih oder ie geschrieben wird.	○
… Wörter mit Dehnungs-h schreiben.	○
… erkennen, ob ein Wort mit tz oder z, ck oder k geschrieben wird.	○
… erkennen, ob ein Wort mit s, ss oder ß geschrieben wird.	○

1 Wie werden die Wörter am Ende geschrieben?
Setze „b" oder „p", „d" oder „t", „g" oder „k" ein.

Köni___ (g/k)	Die___ (b/p)	star___ (g/k)
Bro___ (d/t)	Ta___ (g/k)	le___t (b/p)
Kor___ (b/p)	Klei___ (d/t)	We___ (g/k)
le___t (g/k)	elegan___ (d/t)	Rau___ (b/p)
Mon___ (d/t)	Ber___ (g/k)	rä___ (d/t)
Lan___ (d/t)	Kin___ (d/t)	Win___ (d/t)

Tipp
zum Lösen der Aufgabe
Merkkasten 1
„Wörter mit b/p, d/t und g/k am Ende"

2 Bilde Adjektive, indem du die Endung „ig" oder „lich" verwendest.

Herz →	___	leben →	___
Mut →	___	nerven →	___
Neugier →	___	Frucht →	___
Frieden →	___	vergessen →	___
Sport →	___	Grund →	___

Tipp
zum Lösen der Aufgabe
Merkkasten 2
„Adjektive mit -ig oder -lich"

3 Ergänze „Ent/ent" oder „End/end".

Das ___spiel war sehr spannend.

Mit ___setzen sah sie, dass der Sturm den schönen Baum entwurzelt hatte.

Sara wollte ___lich ihre Freundin besuchen.

Der Dieb ___kam den Polizisten nicht.

Karim war von der Absage sehr ___täuscht.

Sie liefen am Ufer ___lang.

Der Film ___ete mit einem überraschenden Happy End.

Tipp
zum Lösen der Aufgabe
Merkkasten 3
„Wörter mit end- und ent-"

1 Wörter mit b/p, d/t und g/k am Ende

Bei vielen Wörtern kannst du nicht hören, ob am Wortende **b** oder **p, d** oder **t, g** oder **k** geschrieben werden muss. Mithilfe der **Verlängerungsprobe** kannst du das herausfinden.

Bilde bei **Nomen** die Mehrzahl: der König → die Könige

Bilde bei **Verben** die Grundform: lobt → loben

Setze hinter **Adjektive** ein Nomen oder steigere es:

laut → der laute Junge laut → lauter

1 Verlängere die Wörter und setze den passenden Buchstaben ein.

b oder p?

kle__t →	______	pum__t →	______
pie__t →	______	Sta__ →	______
blei__t →	______	hu__t →	______

g oder k?

Ban__ →	______	klu__ →	______
zei__t →	______	Spannun__ →	______
Sprun__ →	______	kran__ →	______

d oder t?

lä__t →	______	bun__ →	______
Aben__ →	______	Elefan__ →	______
Wal__ →	______	Fahrra__ →	______

Die Wörter „seid“ und „seit“ kannst du nicht verlängern. Merke dir: Das Wort „seid“ ist ein Verb und kommt von „sein“. Das Wort „seit“ dagegen drückt eine Zeitangabe aus.

2 Adjektive mit -ig oder -lich

Manchmal ist es schwierig zu hören, ob ein **Adjektiv** auf -**ig** oder -**lich** endet. Mithilfe der **Verlängerungsprobe** kannst du es herausfinden. Setze dazu hinter das Adjektiv ein Nomen.

Beispiele: freundlich → der freundliche Busfahrer
eklig → ein ekliger Geruch

2 Setze „ig“ oder „lich“ ein.

die gefähr____e Fahrt	die hochnäs____e Dame
die empfind____e Pflanze	der fröh____e Junge
der grimm____e Verkäufer	der gier____e Tiger
der mickr____e Kaktus	das schreck____e Monster
die nachdenk____e Forscherin	das grusel____e Gespenst
der nied____e Hamster	das lust____e Spiel
das gemüt____e Zimmer	die durst____e Sportlerin

3 Wörter mit end- und ent-

Mithilfe der Wortfamilie kannst du häufig herausfinden, ob ein Wort mit **End/end** oder **Ent/ent** geschrieben wird. Alle **Wörter mit End/end** sind **mit dem Wort Ende verwandt.**

Beispiele: **End**spurt, **end**los, Wochen**ende**

3 Setze „End/end“ oder „Ent/ent“ in die Lücken ein.

____geistert	un____lich	____station	____wischen
____laufen	voll____en	____ziffer	____scheidung
____ung	____gegnen	____gültig	____gegenkommen
____betrag	____fernt	____haltung	____ergebnis
____fachen	be____en	____werfen	____phase

Wörter mit ä und äu ableiten

Mithilfe von **Ableitungen** kannst du oftmals herausfinden, ob ein Wort mit **ä** oder **e**, **äu** oder **eu** geschrieben wird.

Beispiele: kräftig → Kraft
„kräftig" wird mit **ä** geschrieben, da es von „Kraft" kommt.

träumen → Traum
„träumen" wird mit **äu** geschrieben, da es von „Traum" kommt.

1 Finde eine Ableitung oder ein Wort aus der Wortfamilie und setze „ä", „e", „äu" oder „eu" in die Lücken ein. Gibt es keine Ableitung, setze einen Strich (–) ein.

___rzte →	___	w___chst →	___
H___ →	___	F___ll →	___
Geb___de →	___	schn___ll →	___
K___se →	___	f___llt →	___
H___ser →	___	F___er →	___
t___glich →	___	m___chtig →	___
B___te →	___	Pl___ne →	___

2 Finde in den Sätzen alle Rechtschreibfehler. Streiche die falsch geschriebenen Wörter durch und schreibe sie in die Spalte „Berichtigung" richtig auf.

Achtung Fehler!	Berichtigung
Die Äule fliegt durch den dunklen Wald.	
Schlangen heuten sich regelmeßig.	
Hoffentlich scheint häute die Sonne lenger.	
Glaubst du an Ungehäuer?	
Das Ketzchen kletterte auf den Baum.	
Als es leutet, läuft Emma schnell zur Tür.	

Wortfamilien bilden

Als **Wortfamilie** bezeichnet man Wörter, die den **gleichen Wortstamm** haben.

Beispiel: **seh**en **seh**enswert, weg**seh**en, Aus**seh**en, Ver**seh**en

Von der Wortfamilie kannst du ableiten, wie ein Wort geschrieben werden muss.

3 Bilde Wortfamilien: Ordne die Wörter richtig zu und markiere jeweils den Wortstamm.

Fahrschein • Abkommen • verkommen • Fahrrad • abfahren • fortfahren • erfahren • befahrbar • herausbekommen • Vorkommen • willkommen • bekommen

fahren ______________________________

____

kommen ______________________________

____

Ich kann jetzt …	✓
… mithilfe von Verlängerungen erkennen, wann ein Wort mit b oder p, d oder t, g oder k am Ende geschrieben wird.	○
… mithilfe von Verlängerungen erkennen, welche Adjektive mit -ig oder -lich am Ende geschrieben werden.	○
… erkennen, wann ein Wort mit End/end oder Ent/ent geschrieben wird.	○
… mithilfe von Ableitungen erkennen, ob das Wort mit ä oder e, äu oder eu geschrieben wird.	○
… Wortfamilien bilden und sie für die Rechtschreibung nutzen.	○

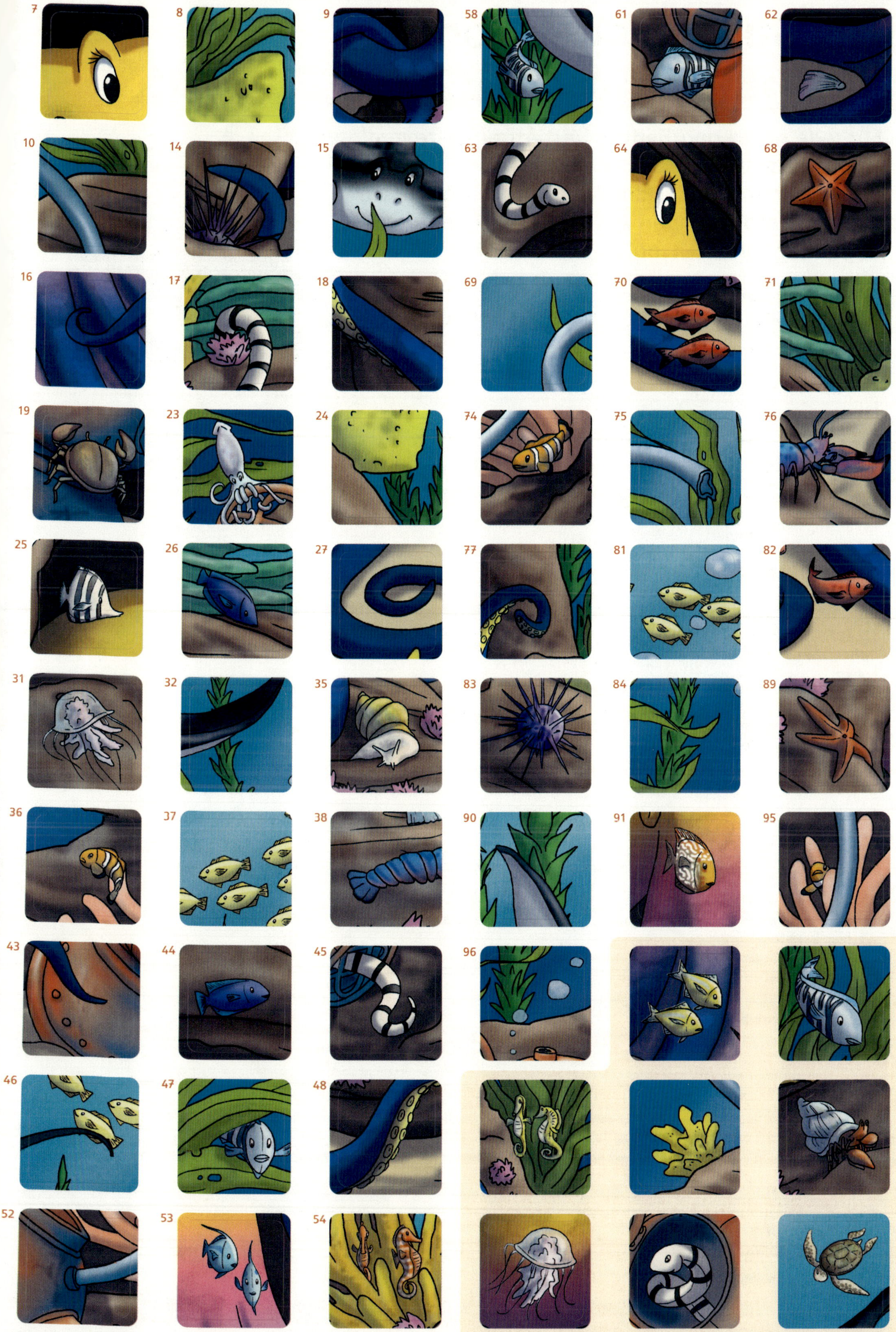

Die Schmucksticker kannst du, wann immer du möchtest, in dein Heft kleben, um es zu verzieren.

Der Stickerbogen von
Durchblick mit Tessa Tinte – Deutsch 4

Für jede fertig bearbeitete Vertiefungsseite in diesem Heft gibt es einen Belohnungssticker zum Einkleben in das Wimmelbild. Damit du den richtigen Platz im Wimmelbild finden kannst, sind sie mit den zugehörigen Seitenzahlen beschriftet.

Außerdem gibt es Schmucksticker: Diese kannst du frei benutzen, um zum Beispiel dein Heft zu verzieren.